講談社文庫

可愛い世の中

山崎ナオコーラ

講談社

中世の朝廷と幕府

山川出版社

目次

可愛い世の中

1

「部屋の中で虹を見た」

グラスの水を一口飲んだあと、ニートの草子《そうこ》が言う。

「虹？」

銀色の丸テーブルに身を乗り出し、会社員の豆子《まめこ》が聞き返すと、

「空では虹を見るけれど、部屋の中では初めて見た」

携帯電話を取り出し、自慢気《じまんげ》に画面を突き出した。フローリングに虹が架かっている写真だ。実家の二階にある、草子の部屋で撮ったものらしい。

「あはは」

豆子は笑った。美しくない写真だ。「虹だ」と思ってシャッターを押しただけのものだ。二枚目は、フローリングの上に指を伸ばして撮ったものだった。指の上で虹が歪曲《わいきょく》している。

「描いたんじゃないよ、本当だよ、という意味で指も写した」

と草子は説明する。美を伝えたいわけではなくて、見たということ、ただそれだけを表現したい草子の単純な心が、豆子には眩《まぶ》しく感じられ、

「あはは」

再び手を叩いた。

「へえ。床《ゆか》に虹」

派遣社員の花《はな》は全く興味を示さずに、冷たい相槌《あいづち》を打つ。ちらりと覗《のぞ》くことさえしない。

「いくつになっても虹だ星だとやっていられるなんて、草子ちゃんは本当にどうしようもないね。母さんは泣いてるよ。働いておかないと年金がもらえないのに、草子ちゃん、老後はどうするの？　婚活もしない、就活もしない。いつまでも実家暮らし。もうすぐ三十歳なのに、将来に対して、なんの計画も目標も持っていないなんて」

主婦の星《ほし》は一瞬だけ携帯電話に目を遣《や》って、それから肩をすくめ、いつものごとく草子を罵倒《ばとう》した。現実的な生き方の素晴らしさを説くのが好きな星は、自分のロマンティックな名前を冗談のように扱う。

「星の話はしてないよ、虹の話だけ。それに、三十歳までには私、まだ三年もあるんだよ」

草子はおどけた顔で言い返した。草子より星の方が三歳も下なのだが、小さな頃から常に星は上から目線で喋《しゃべ》ってきた。

四姉妹の年齢は、派遣社員の花が三十五歳、会社員の豆子は三十二歳、ニートの草子は二十七歳、主婦の星が二十四歳で、働き方も収入もばらばらだ。お金の話は人間関係を難しくさせがちなので友人の間柄では避けられるものだが、姉妹なのでずけずけ言い合うこともある。

星は上の姉たちに対しても、しばしば教訓を垂《た》れる。「人生は計画を立てて進めないと」「貯金しないと」と。こうして四人姉妹でテーブルを囲んでいても、仕切るのは末っ子の星だ。店員を呼んだり、メニューを開いたり、皆の意見をまとめて注文を決めたり、それは下っ端だから動くというのではなく、「お姉ちゃんたちにはできないだろうから、しっかり者の私がしてあげる」という、小生意気な態度なのだった。こまっしゃくれた妹は、四人の中で一番先に結婚をし、しかもその夫が一流企業勤務で稼《かせ》ぎが良いということで、更《さら》に自信を付けてきている。二十代前半で主婦になり、二十代後半で子どもを二人産む、と小学生の頃に人生予定表に書き、その後着々と人生を進めているのだ。この計画通りに行けば、子どもたちが巣立ったあとでも、まだ社会に復帰できる。四十代五十代は働いて、引退後は何かボランティアをして、動けなくなったら子どもや孫に面倒《めんどう》を見てもらう。今は目下《もっか》、子作り中であるらしく、それについて赤裸々《せきらら》に語ることもあった。

そして、主婦はニートに人生アドヴァイスを施《ほどこ》すべき、という考えも持っているようで、

「夢見る少女のままお婆さんになったら、周りが迷惑するんだから。自立しないと。少しでも周りに役立つことをしよう、って思わないの？」

更にくどくどと続ける。小型犬のようにきれいにブローされたショートボブの、顔周りの髪を指を使って耳にかけ、小さな青い石の付いたピアスを覗かせた。

「あ、いい匂いがする。星ちゃん、香水替えたね？」

豆子が割って入った。豆子は香りに敏感なのだ。すると星は、

「さすが豆子ちゃん、鼻が利《き》くね。マークジェイコブスのだよ」

機嫌良く話題を変えるのに応じた。しかし、

「星ちゃんが言うように、私は甘えている」

草子が話を引き戻した。黒く長い髪を黒いゴムでひとつにしばっている草子は、黒いワンピースに身を包んでいて、まるで世界から身を隠しているようだ。

「あのさ、小さなことに喜ぶ草子ちゃんは、皆に役立っていると思うよ。周りの空気

を柔らかくするじゃない。少なくとも今、私は写真を見て和《なご》んだし」

豆子は草子を見て言った。

「いいの、星ちゃんが言うように、私は何もしていない。そのうち老後に迷惑をかける、この社会にいない方がいい人間なの」

草子は眼鏡《めがね》のブリッジを押さえて、俯《うつむ》いた。しかし、これはポーズだ。草子は星の攻撃には慣れているし、二人の遣り取りはじゃれ合いのようなものだ。真に受けてフォローしようとしている豆子がむしろ滑稽なのだった。

「そうよ。まずは自立しないと」

星はまた言った。

「自立、自立、って、星ちゃんは言うけど、自立ってなんだろう。主婦っていうのは、他立《たりつ》じゃないの？　私は他立でもいい気がするけどなあ。私なんて、夫がいなくなっても、頼れる人が他にたくさんいるよ。人に頼ったらやっていける時期は、頼ればいいんじゃないかなあ」

離婚したばかりの花はナプキンをほどきながら言った。

「主婦は自立しています。立派な仕事だと、国からも認められています。夫の稼ぎは、夫婦の共同財産なんだから、つまりは私も稼いでいるのよ。でもね、親の稼ぎは子どもの稼ぎじゃないの」

星は立腹して答えた。

「まあまあ、この話はまた今度にしようか。今日は、豆子ちゃんのお祝いなんだから」

花は話を切って、美しく巻かれた長い髪を背中に押しやった。

「お祝いして欲しいんじゃないの。ただの報告なのよ」

豆子が真っ赤になって否定したところに、背筋をしゃんと伸ばした給仕が、銀色の丸盆にシャンパングラスを四つ載せて現れた。四人のテーブルがあるオープンテラスはとても明るい。九月の午後の日差しを受ける金色のシャンパンは、ブレスレットのように光る泡を空に向かって長く伸ばしていく。

「おめでとう」

「豆子ちゃん、結婚おめでとう」

「良かったねえ、おめでとう」

口々に言って、グラスをぶつけ合う。

「めでたくなんかないのよ」

豆子は小さな声でつぶやき、首を振った。結婚の報告をすると、オートマティックに「おめでとう」と返ってくる。

辛《つら》い、と豆子は感じていた。

上司にも、友人たちにも、「おめでとう」と言われた。嫌だった。もちろん、その人たちに「おめでとうって言うな」とは返さなかった。そんなセリフは、あまりに感じが悪過ぎる。豆子は内弁慶《うちべんけい》で、外ではおかしなことを言いたくないのだ。しかし、家族には感じ悪く思われてもいいから、甘えて本音をこぼしてみたかった。この結婚は別に祝われることではないし、おめでたくない。

おめでとうって言うな。豆子はずっと地味な人間として生きてきた。「可愛くて人に頼るのが上手い女性」の結婚と「地味で自立している女性」の結婚を一緒にしないで欲しい、と豆子は思う。だから、せっかく自分に向けて言葉をくれるのならば、「良かったねえ」「幸せだねえ」というニュアンスよりも、「よく決心したね、えらい」「腹をくって稼いで、結婚生活に責任を持て」というエールを、豆子は聞きたかった。そう、これからお金を稼いで、相手の人生を引き受ける覚悟をしたのだ。

「あはは。照れているの？　こういう時期は、素直に祝われていればいいのよ。こんな風に、皆がお祝い言ってくれるときなんて、一瞬で過ぎるんだから。人生は祝福されたもの勝ちなんだから。駄目ねえ、豆子ちゃんたらひねくれちゃって」

花はたしなめた。

「あれじゃないの？　なんとかブルー」

「マリッジブルーね」

「それに罹《かか》っているんでしょう」

「やっかいだわ」

妹たちはやいやい言った。

「社会貢献よ」

豆子は小さな声で言った。

「何が？」

星は前菜の蛸《たこ》のカルパッチョを皆に取り分けながら、聞き返す。

「結婚する理由よ」

豆子は、「ありがとう」と小皿を受け取って、答える。

「どうして結婚することが社会貢献になるの？」

草子が質問したので、

「私はたくさんの人を幸せにすることはできないけど、この人ひとりくらいはきっと幸せにできる。そう思って結婚を決めたのよ。それに、社会に生まれたからには、社会を存続させるひとつの力にならなければいけないでしょう。だから、子どもを産めるようだったら、産みたいというのも思うし。ひいては後世を社会全体で育てて……」

豆子は持論を展開した。

「出た、似非《えせ》モラリスト」

小声で星が言った。

「そして、これは愚痴《ぐち》だけど……。いくら仕事を頑張って、納税しても、今の日本では女性は子どもを産まないと社会的に機能していると思われないんだわ。会社にいても、街を歩いていても、責められているように感じてしまう。だから、三十五歳までに子どもを産めたらいいな、って思ってしまったの」

豆子は続けた。これまで結婚願望を持たずにいた豆子が、最近になって「急いで結婚をしよう」と宗旨《しゅうし》変えしたのは、一歳上の既婚の同僚が、「実は私、最近になって子どもが欲しいと感じ始めて悩んでいるんだ……。女の人って、三十五歳までに妊娠をしないといけないんだって。だから、状況的に考えられるのだったら、子どもを欲しいかどうか、三十歳過ぎたら決めた方がいいみたいよ」と不妊治療をしていることを打ち明けてくれたときだった。「豆子ちゃんも、本当に結婚しないでいいかどうか、よく考えてみたらどうかな。あとあと後悔しないかもよ。それで、やっぱりしたくないのなら、それがいいと思うし、考えたことは無駄にならないし」と同僚はアドヴァイスしてくれた。三十五歳でどうのこうのという話の信憑性《しんぴょうせい》はよくわからない。だが、それをきっかけに、豆子はじっくりと自分の心を探ってみたのだった。新聞を読んだりテレビを観たりしていると、建前《たてまえ》としては「独身女性を非難してはいけない」とされている。だが、社会の本音がうっすらと透けて見えることがある。世の中から子どもを求められているように感じながら、豆子は日々を過ごしていた。街で子連れの女を見ると、目で追うようになった。周囲の人々がその親子を優しく包んでいる。少子化の進む現代日本では「母親」の社会的価値が高騰している、と豆子はプレッシャーを感じる。

そんな豆子は、ずっと「モテない女」だったから、恋愛結婚はとうに諦《あきら》めていた。そして、結婚をしないということは、社会を頼るということだ、と捉《とら》えていた。ひとりで生活できる間はひとりで頑張りたいが、年を取って動けなくなったときは社会の世話にならざるをえない。しかし、仕事をどれだけ頑張っても、税金をたくさん納めても、「女性」としての仕事をしている人の方が、椅子《いす》を与えられているように見えてしまう。豆子には、後輩が子育てをすることになって、自分が代わりに残業をしている現状がある。「子育てを支援している」と会社は良い顔をしている。豆子も良い人になった気分になるが、後輩は早く帰るときに身を小さくして皆に頭を下げていくので、結局は子育て中の社員に気遣《きづか》いを強《し》いてしまっているのだろうとは思う。それから、電車の中で、「おなかに赤ちゃんがいます」というピンクのマークを付けている人がいたら、豆子は席を譲っている。大概《たいがい》の人は隠すようにマークを付けていて、恐縮しながら席に座るので、妊婦が堂々とできる、というほどの社会にはまだなっていないのだろうとは思う。そしてもちろん豆子は、仕事を代わったり、席を譲ったりすることに疑問を覚えず、納得して動いている。だが、心の中で、ずるいという気持ちが少しだけ湧《わ》いてしまうし、自分のような「働く女」よりも「母親」の方を社会は求めているのだ、ということを強烈に味わってしまう。

豆子が子どもだった頃は、家庭よりも仕事を優先させる「キャリア・ウーマン」の方が輝いていた。豆子の母親のような、働いていない「母親」は、社会から隔絶されていた。だから豆子も、大人になったら「働く女」になりたいと願っていたし、人から結婚しろとお見合いを強要されても断って仕事を続けていく、という未来を描いていた。しかし、大人になると、時代の風が変わり、逆になった。親世代は「働く女」を応援したがってお見合い話など全く持ってきてくれないし、若い世代は「母親」になりたがって家庭というものに夢を見る人が多くなっている。世の中には、「社会参加したいのだったら、むしろ子どもを産んだ方が良い」という空気が漂い始めた。だったら自分も、無理をしてでも結婚して子どもを産んで、社会から存在を許されたい。子どもがいたら、生きていけるような気がする。恋愛なしに、子どもを産む方法を探したい、そう豆子は考えた。

しかし叔母《おば》のようにはなりたくない、とも思う。叔母は地味な風貌で、豆子の顔は母親よりも叔母に似ている。そのせいで豆子は叔母に親近感を抱いていた。それに、イラストを描く仕事をしている叔母は、主婦をしている自分の母親よりも格好良く感じられた。叔母のひとり娘の遥《はるか》は、コムデギャルソンなどのシンプルで品のある服をいつも着ていた。そして、バレエや絵画教室などたくさんの習い事をしていた。主婦の母親に放任主義で育てられている自分よりも、手の込んだ教育を受けている従妹《いとこ》を豆子は眩しく見ていた。だが、従妹は高校生になったある日、「私はママのお人形さんじゃねえんだ」という捨《す》て科白《ぜりふ》を残して飛び出し、秋葉原でメイド喫茶に勤め始めた。人形じゃないと言いながら、より人形っぽい服装を選んだところに可笑《おか》しみを覚えながら、高校を中退した従妹に会って話を聞いた。すると、どうやら叔母が夫婦の関係が行《ゆ》き詰《づ》まったときにその打開策として娘をもうけ、自分の生き甲斐《がい》として子育てをしたようだ、という事情が見えてきた。「だから私に過剰な期待をかけてくるの、うざいの」と従妹は嘆いた。それからしばらくして叔母は離婚した。

子どもというのは、自分のために産んではいけない。子どものために産まなくてはいけない。子どもの人生は本人の自由に任せなければならない。そういうことを豆子は一応、わかってはいる。だが、今この瞬間にも、子どもが欲しいという欲求が湧くのを豆子は感じてしまう。それは社会参加欲というもののなれの果てだ。

「へええ」

花が相槌を打った。

「ごめん」

はっとして豆子は謝った。

「なんで謝るの？」

花はまさに、そのリミットの三十五歳だ。しかし花は冷静な顔を保っている。

「いや……。ううん……。今のはただ、自分勝手な意見なの……。これが良い考えなのかどうか……、自信はないの」

豆子は口の中でごにょごにょと言葉にならない声を転がした。花は旅先で出会った男と大恋愛をして一昨年結婚し、一年も経たずに離婚したばかりだ。学生時代からずっと恋人をひっきりなしに作って、しかもその都度《つど》真剣につき合ってきた花だった。元夫《もと》との間も、結婚式もそのあともラブラブな雰囲気だった。離婚には皆が驚いたが、情熱的な結婚であればあるほどそうなるというのは、よく聞くことでもあった。これまで花から子どもが欲しいという話をまったく聞かなかったので、豆子は勝手に、花は恋愛をしたい人なのだ、と捉えていた。結婚も、ヨーロッパ風のロマンティック・ラヴを経て、「男と女」としてしたことで、日本風の「家族作り」ではなかったのに違いない、と。今は派遣社員としてIT企業で働いているのだが、会社の愚痴も言わないし、仕事に満足しているようだ。だから、社会がどうの、世間がどうの、といったことなどどうでもよくて、ただ自分の中の情熱を信じて、人生を謳歌《おうか》したいのだろう、と花を見ていた。ある程度の年齢の女性は子どもを産むか産まないか早めに決めた方が良い、という日本的な俗っぽい話は、花のような人は気にしないことと思ってしまって、ついぺらぺらと喋ってしまった。しかしやはり嫌な気持ちにさせてしまったのではないだろうか。

「だけど、豆子ちゃんは、きちんとした会社で働いているのだし、結婚しなくても社会で認められているように私からは見えるけどな。私、自分が主婦だからって、皆が皆、結婚した方がいい、なんて思ってないんだよ。貯金して、老後に周囲へ迷惑をかけないのだったら、結婚しなくてもいいと思う」

　ムール貝のバター焼きと豆のサラダも、星は手際《てぎわ》よく取り分けた。

　星の言うように豆子の会社は悪いところではない。豆子は小さい頃から将来を漠然としたものとして捉えて目標を持たなかった。それでも勉強は好きだったので、わりと良い大学へ進んだ。フランスへのなんとなくの憧《あこが》れから仏文科を選び、在学中に一ヵ月だけリヨンへ短期留学した。将来を見据《みす》えた進学ではなかったし、しかも就職難の時代だったので、就職活動はあまり上手《うま》くいかなかった。新卒で小さな建築会社に契約社員として入社し、営業をすることになった。四年後に転職し、現在は大手メーカーに勤めている。メインの商品は芳香剤だ。小さな頃から豆子は鼻が利いた。そのせいで、良い香りだけでなく、嫌な臭いもつい嗅《か》いでしまう。しょうもない癖だが、この会社だったらこれが活《い》かせるかもしれない、そう思って志望した。開発事業部で仕事をしたくて入社したのに、営業部に配属され、結局はまた、苦手な営業をしているのだった。ただ、名の知れた会社であるため、星のような子からしたら、何が不満なのかがわからないのだろう。

「会社にいても、やりたい仕事をやれていないし、お給料もものすごく良いという程ではないし……。あとね、認められたいっていうのは、評価のことじゃなくて、『生きていてもいいよ』『この社会にいていいよ』って、誰かから言われたいってことなの」

言っても伝わらないだろうな、と思いながら豆子はグラスに手を当てた。独身女性でも、きちんと会社勤めをしているのなら、社会に参加しているし、経済をまわしているはずで、それだけで十分に人生を祝福されるべきだ。豆子も、友人たちに対しては、そう思う。だが、自分のこととなると、そう思えなくなるのだ。

豆子が小学校へ上がったばかりのある夕方、近所の女の子たち七人で、どろけいをして遊んでいた。豆子の実家は埼玉の新興住宅地にあり、同じような年格好の子が一キロメートル四方の中に七人もいた。リーダー格の美奈《みな》ちゃんという子が、「服が汚れちゃうから、どろけいはもう止《や》めて、うちに来ない？　女の子らしく、リカちゃんで遊ぼうよ」と自宅に誘った。「うん」と皆は賛同してついて行った。生《い》け垣《がき》にぐるりと囲まれた敷地に、白壁と青い屋根の二階建てと手入れの行き届いた庭があった。母親が庭作りの名人であるらしかった。その家の玄関で美奈ちゃんは、「可愛い子しか入っちゃ駄目」と言って、豆子の前でドアを閉めた。そこで、花や他の女の子たちだけが部屋に上がって人形遊びを始めた。そのときは花もまだ小学校三年生だったので、言い返すことを思いつかなくて当然だった。豆子自身も、ぼんやりと「なんだか、ひどいことを言われたみたいだな」と感じただけで、上手く言葉にできず、そのままひとりで外にいた。壁伝いに歩いたり戻ったりしながら時間をつぶして、花が出てくるのを待った。日が暮れていく中、辺《あた》りに沈丁花《じんちょうげ》の匂いが満ちた。美奈ちゃんの家の生け垣に植わっていたのだ。だから豆子は今でも、沈丁花の匂いを嗅ぐと、仲間はずれにされた気持ちを思い出す。豆子はどこへ行っても、椅子に浅く腰掛ける。「ここにいることを周りから許してもらえていないのではないか」という不安は豆子にとって馴染《なじ》みの感情だ。この感じは星のような子にはわかるまい、そう思いながらグラスの縁《ふち》にそっと口を付ける。昼間から飲むシャンパンは格別だ。

この四人姉妹は、上から、花、豆子、草子、星という名前で、長女と末っ子の二人が華やかな、真ん中二人は地味なネーミングになっている。全て母親が名付《なづ》けた。「花のように美しく咲き誇る人生になるように」「豆のようにまめまめしく働く人生になるように」「雑草のようにたくましく根をはる人生になるように」「星のようにきらきらと周りを照らす人生になるように」と、それぞれ真剣に考えられたという。とはいえ、誰から見ても名前のイメージに差がある。さぞや姉妹は愛情格差を感じながら育ったことだろう、と他人は心配するのだが、意外にも本人たちは不満を持たず、各々自分の名前にしっくり馴染んでいた。というのも、名前の通り、花と星は華やかな顔立ちで、小さな瓜実顔《うりざねがお》に胡桃《くるみ》のように大きな瞳が少し離れ気味に並んでおり、豆子と草子は地味で、饅頭《まんじゅう》のようなふっくりした顔に竹串《たけぐし》でちょんちょんと跡《あと》を付けたような目があるのだった。性格も、長女と末っ子はお喋りで明るく、真ん中二人は大人しくて暗かった。そのため豆子などはむしろ、「もしも私が花って名前だったら、合わなくって気恥ずかしかった。豆子でラッキーだった」とほっとしていた。ただ、「この頃は『子』の付く名前はあまり見かけなくなってきたし、最後は『子』じゃなくて、『美』や『香』が良かった。できたら『香』が良かったな。私は匂いに敏感だから、もしも自分の名前に『香』が入っていたら、きっとぴったりだったのに」とは思っていた。しかしこの考えで行くと、豆子に本当にしっくりくる名前は豆香ということになり、それはちょっとどうだろうか。江藤《えとう》豆香よりは、江藤豆子の方が無難だろう。前者ではまるでコーヒーだ。

豆子は、コーヒーは苦手だった。匂いが強すぎるのだ。前菜と魚料理と肉料理とパスタを一品ずつ頼み、皆でシェアして食べたあと、紅茶で食事を締めた。

会計はきっちり四等分した。この新宿《しんじゅく》のイタリアンを予約したのは星で、普段からこういうところで食事しているのだった。しかし他の三人は滅多にこのように豪勢な外食はしない。実家でニートをしている草子に金がないのはもちろん、慰謝料をもらって離婚をしたとはいえ、今は派遣社員の身である花も経済状況が良いとは言えない。それなりのお給料をもらってこつこつ貯金をしている豆子には金がないということもないが、結婚式の費用を全額ひとりで負担することに決めたため、ここのところは財布の紐を締めている。

店を出てから、「おいしかった」「久しぶりに素敵なものを食べたわ」と言い合っている姉たちに、

「そう？　私は週に三回は外食しているから、もっとおいしいお店いっぱい知っているよ。今度行こうよ」

と無邪気に言う。こんな星だが、上三人からは本当に可愛く思われている。口が悪くても情の深い子だから、と姉たちは評していた。星はきっと、すでに言い過ぎたことを反省しているに違いない。家に帰ったら草子にメールでフォローを入れるかもしれない。

子どもの頃からそうだった。たとえば、どんなに草子に対して強気の発言をしても、星が草子のことを好きなことは、誰から見ても明らかなのだった。小学生の頃、

草子がいじめられていたとき、「草子ちゃんの悪口を言うな。草子ちゃんの悪口を言っていいのは私だけなんだ」と言って、いじめっこたちを撃退したことがあった。

駅まで歩きながら、

「豆子ちゃんはえらいよね、自分で稼いで、夫を養うなんて。えらい、えらい」

星はまた上から目線で姉を褒《ほ》めた。

「養うわけじゃないよ。自分のくいぶちは稼いでくれるから」

豆子は空を見上げながら答えた。秋空は透明で、目がどこまでも伸びていく。

「でもとにかく、夫からお金をもらえなくてもいいんだよね？　気持ちだけで満足なんだよね」

星が続けて聞く。

「そう。愛情さえもらえればいいの」

豆子は頷《うなず》いた。お金は自分が稼ぐ。そのことで、豆子は燃えている。そして、お金に俄然興味が湧いてきている。

これからの自分の金銭感覚がにょきにょきと鋭く伸びていることを豆子は予感していた。

改札を抜けると四人は解散して、それぞれの帰路に着いた。花はひとり暮らしの高《こう》円寺《えんじ》のアパートへ、草子は埼玉の実家へ、星は夫と住む恵比寿《えびす》のマンションへ。豆子は吉祥寺《きちじょうじ》のマンションにひとりで住んでいるのだが、お茶の水のホテルでの結婚式の打ち合わせがあるので、花とは反対方向の中央線に乗り込んだ。日曜日の穏やかな町並みを車窓から眺《なが》める。結婚予定の相手である鯛造《たいぞう》は平日休みなので、土日がメインのブライダルフェアには参加できない。日曜日は、ひとりで動く。

豆子は結婚を控えているが、鯛造とはまだ一緒に住んでいない。結婚後に、鯛造が豆子の2LDKの部屋へ移り住んでくる予定だ。

結婚式費用をすべて豆子が担《にな》う理由は、鯛造は結婚式はやらなくても良いと首を振ったのに対し、豆子はやりたいと主張し、鯛造が金がないと打ち明け、豆子が貯金があるから自分が負担したいと言ったからだった。

豆子の結婚相手である蒔田《まきた》鯛造は、豆子より一歳年上の、マッサージ屋の店員だ。古アパートの六畳一間に住んでいて、服はすべてユニクロかザ・スーツカンパニーのものだ。昼休みは、すき家かてんやかマックかはなまるうどんで食べる。デートは一品二百八十円の居酒屋で酒を飲む。明確な数字を聞かなくても、その生活レベルから収入は推察できた。借金はない、ということを、つき合い始めの頃に得意気に語っていた。借金がないということが自慢になるのかと豆子はショックを受けつつも、それを聞いて安心したのも事実だった。豆子には、会社の同僚や大学時代の友人など、浪費癖があったり家族がらみの問題があったりして借金を抱えている知人が少なからずいる。大きな収入があっても借金で悩んでいる人がいることを思うと、ささやかな収入でこぢんまりと生活し、それに不満を持たずにきちんと生活していることは、好ましいと感じられた。実際、鯛造は慎《つつ》ましい暮らしをとても楽しんでいた。

豆子はメーカー勤務で、給料は月給三十四万円五千円、年に二回ボーナスが出る。二十代後半になってから、こつこつ貯《た》め始めた貯金が六百万円ある。部屋代はふんぱつしているし、鯛造よりは少し生活レベルが高い。だが、会社でのランチは、付き合いがない限り、家から持って行く水筒《すいとう》のお茶と、コンビニのおにぎりで済ませている。洋服はセールの時期にまとめ買いしている。特にこの二、三年は、部屋代以外、削れるところを削って貯金にまわすように努めてきた。

六百万円は、実は家を建てることを目標にして貯めてきたものだ。二十代のときは、生涯独身で生きようと考えていたので、終《つい》の棲家《すみか》が欲しくなった。最近では、マンションはもちろん、独身女性が戸建《こだ》てを買うことは珍しくない。もちろん、六百万円はまだ全然足りない額だ。しかし、これから本気で節約して、ローンを組めば、三十代のうちに、小さな家を建てられるのではないか、そうたくらんでいた。マンションではなく、土地が欲しい。それから、建築士と相談しながら、自分らしい家を建てたい。そんな夢を見ていた。

つまり、豆子は、ここ何年かの間、自分ひとりの家のための、土地代と建築費に使おう、とこつこつ貯め始めていたものを、今年になっていきなり方向転換して結婚費用にまわしたのだ。

ただ、それでは家は諦めてしまったのか、というとそんなこともなかった。深くは考えていなかったが、結婚したあとでも家は建てられるような気がしていた。多くの人が、結婚してから家を建てている。ひとりで貯めるよりも、二人で貯める方が貯まり易いに決まっている。現在の貯金をなくしても、一から二人で貯め直せば良いのではないか。豆子の父も、三十五歳で結婚をし、三十七歳で埼玉の土地を買い、ローンを組んで家を建てた。豆子にもやってやれないことはないはずだ。結婚をしてから家を建て、そこで子どもを育てればいい。ひとりの人生を思い描いてひとり用の家を夢想していたときよりも、一般的なルートに近づいてやり易くなるのではないか。ひとりで家を建てる、というのは、恋人のいない自分が消去法で考えたことにすぎなかったのだから、恋人のいなかったときよりもむしろ良い方向に進み始めたのだ、そう無理やり思い込もうとしていた。

豆子にはずっと恋人がいなかった。その理由を「ぶすだから」と自分では思っていた。「ぶすだから」という言葉は、人生の上手くいかなさの良い言い訳になった。豆子は自分を「ぶす」と形容して、恋愛を怠けた。片思いの関係を深める努力をせず、楽に諦めた。

学生時代も会社員になってからも、恋愛といったら片思いだった。相手を思い浮かべてうっとりするだけで満足した。とはいえ、想いが募《つの》り、頑張って食事に誘ったことはある。デートのようなところまで漕《こ》ぎつけたこともあったが、いつも二、三回会うと終わってしまって、彼氏彼女と呼べるような関係には至らず仕舞《じま》いだった。虫を見てもため息をついた。

いつかは一戸建てを手に入れて土のそばで暮らしたい、だから今のうちに高いところを楽しんでおこう、そう思って、吉祥寺の賃貸マンションは十一階を借りた。ベランダからの眺めは最高で、井《い》の頭《かしら》公園が一望でき、遠くに富士山が見える日もある。そのベランダにプランターを並べ、薔薇《ばら》やドラゴンフルーツ、プチトマト、セージ、バジルなど、ベランダ栽培をしていたら、虫に食い荒らされた。葉っぱのあちらこちらに穴が空《あ》いた。きれいに食べ尽くすのではなく、あっちをひと口こっちをひと口という具合に、まるで王様のような食べ方をしている。よく見ると、ぶくぶくに太った毛虫がプランターの中で蠢《うごめ》いていた。腕に鳥肌が立ち、「追い出してやる」と豆子は息巻いた。シャベルは短いので、これで取るのはなんだか怖《こわ》い。できるだけ長い棒を、と探したのだが、見つからなかったので、部屋に戻り、ソファにあった雑誌を取った。一ページを破って斜めに丸めて棒を作り、再びベランダに出て、追いかけた。しかし、毛虫は異様に速かった。まったく取れない。かすりもしない。茶色い毛を波立たせて、すごい勢いでプランターの中を駆け回る。すごいなあ、豆子は感心して、追いかけるのを諦めた。もうベランダは毛虫にあげよう。好きなだけ食べたらいい。

私は虫に負けた、と豆子は思った。虫はえらい。この広い世界に、小さな体で存在して、命も短いのに、相手を見つけて、繁殖する。よく出会えるな、本当にすごい。十一階のベランダまで上がってきて、セックスしたのだ。そして、この毛虫が生まれた。頑張れ毛虫。私は誰ともセックスできない。大きな体を持って、八十年もの寿命があるのに、繁殖しないで死ぬのだ。なぜ自分は繁殖できないのだろうか。ぶすだから、となんとなく自分を納得させているが、虫のようになりふり構わず生きたら、繁殖できるのではないか。本気でセックスしたかったら、道に出ていって、ホームレスの人に「自分とセックスしてください」と頭を下げるなり、インターネットで探しまわって、誰かれ構わず頼みまくるなりしたら、いつかは誰かにしてもらえるのではないだろうか。そして、それを繰り返したら、子を宿すことはできるだろう。それをしないということは、やはり本気では思っていないのだ。繁栄しようと努めない。生物として、自分は駄目だ。家さえあればいい、なんて自分のことだけを考えて生きている。老後は家族ではなく社会に支えてもらおうとたくらんでいる。この考えで、いいのだろうか。

そんなことを鬱々《うつうつ》と考えていた三十一歳のある日、件《くだん》の同僚からのアドヴァイスを受けた。曰《いわ》く「子どもを持つか持たないか早めに決めた方がいい」。それまでは、努力をしてもしなくても、自分は子どもを持てないに決まっている、となんとなく思ってきた。「ぶすだから」「一緒に子作りをしてくれる相手がいないから」と。豆子は鏡を見ることさえ怠り、「ぶすだから」というキーワードを頭に浮かべるだけで、人生の悩みを片付けてきた。ひとりで生活して、家を持って、老いる、と将来を見据《みす》えていた。しかし、改めて問い直してみて、「ぶすだから」というところで思考を停止していたのは逃げだったかもしれない、と思った。もしも努力をしたら、子どものいる人生を選べるとしたらどうだろうか。選びたい気がする。それならば、努力をしてみてから諦めた方がいいのではないか。そんな風に考えが進んだ。

そこで豆子は、世間で言われるところの「婚活」を開始した。

結婚年齢が上がり、未婚率の高まった現代日本に、「婚活」という言葉が浸透した。だが、「就職活動のように結婚活動をするということ」を批判する文章を、豆子は新聞や雑誌でいくつか読んだ。誰と結婚しても同じなのだから、「婚活」などしないで、分相応《ぶんそうおう》な人と結婚すれば良いのに、今の若い人は相手のスペックを気にして結婚しようとするからできないのだ、という意見だ。それに対して豆子は異を唱えたいと思った。自分を好いてくれる普通の人と、普通に暮らしていては出会えない、それが今の社会なのだ。分相応な人と結婚したい。だが、自分と同じような男に出会えない。豆子はえり好みをして結婚していないわけではない。就職にしたって、自分に向いた仕事と自然に出会えることが理想であるわけだが、好景気の頃ならまだしも、今は自分から動かなければ仕事は見つからないし、好きな仕事を選ぶ余裕などない人がほとんどだ。いろいろな人に頭を下げなければ就職も結婚もできない時代を生きているのに、選んで仕事を得て自然に伴侶《はんりよ》を得られた人から、批判されるのは納得できない。そう思ってしまう。

結婚相手はフリーターでも構わない、と豆子は思っていた。子どもを作るのを手伝ってくれて、豆子がぶすでも許してくれる人なら誰でもいい。

豆子は結婚紹介所に登録した。入会に十五万円もかかった。笑顔の写真を撮れ、収入を低めに書け、とアドバイザーに言われて不愉快《ふゆかい》になりながらも諾々《だくだく》と進めた。そして、二人の男と会った。すると、辛くて苦しくて、知らない人と結婚を前提に二人で喫茶店に入る、というだけでも、豆子にとってはハードルが高過ぎる、ということがわかった。もうとても続けられないと思い、一週間で退会してしまった。

こうなったら、男友達に頭を下げて、一回だけセックスしてもらい、妊娠してシングルマザーになる、というのはどうだろうか。あるいは、人工授精《じんこうじゅせい》というのは難しいのだろうか。いろいろなアイデアが浮かんできた。豆子は、ひとりで育てる自信はあった。根性と我慢強さがあるし、経済力は平均よりも上だ。たとえ今の会社で働き続けられなくなっても、自分なら仕事を見つけられると思う。豆子の両親は放任主義で、進学や就職に何ひとつ口出しをしてこなかった。三十を越えても独身を続ける豆子に「今の時代は生き方の多様化が認められているんだものね、結婚なんかする必要ないわよ」と母親は言った。豆子がシングルマザーになっても、決して非難しないだろう。母親は草子が働いていないことに対しても、「現代は多様性を探る時代だから。草子のタイミングで人生始めればいいわよ」と言って、鷹揚《おうよう》に構えているのだ。

しかし、結局のところ、豆子は鯛造と出会った。鯛造は、豆子の会社が芳香剤を販売しているマッサージ店の店員だ。営業まわりで知り合って、雑談を交わすうちに距離が縮まった。和やかで、優しくて、話し易い。何度か食事をし、美術館やコンサートでデートをした。これまでに別の男たちと経験してきたデートとは違い、豆子は鯛造から自分が求められていることを、ひしひしと感じた。鯛造は地図を読み違えるし、時間は見守り、豆子の笑顔を心から喜んでくれている。豆子の一挙手一投足を鯛造を間違えるし、他の男よりもぎこちなかったが、それはむしろ、失敗したくない、豆子を傷つけたくない、という緊張の表れのように読み取れて、豆子は鯛造を愛しく感じた。付き合って八ヵ月で、鯛造から、いわゆる「プロポーズ」があった。鯛造は豆子のことを単純に「好きだ」と思っているようだ。毎日一緒にごはんを食べたいという。そして鯛造は、昔から子どもが欲しいと思っていたそうだ。殊勝《しゅしょう》な人だと思い、豆子は受けた。豆子三十二歳の春のことだった。その、五月や六月は、日々が光っていた。この自分が結婚をするなんて、ということに胸がときめき、皿を洗う水さえも輝いて見えた。

結婚を決めたからには式場を探さねば、と豆子はまず思った。周りの友人たちの皆が結婚式を挙げていたから、結婚をするなら結婚式もする、という考えに自然となったのだ。豆子はこれまでに十回以上結婚式というものに出たことがあって、独り身《ひとりみ》を通すと思っていたくせに、「自分が結婚式をするならこういうものにしたい」というイメージを少しずつ膨《ふく》らませてきていた。「戸籍や家とは関係なくタッグを組んで社会活動をするという結婚形式」の発表をしたい、それをきっかけにお互いの身近な人たち同士で交流してもらう、そんな楽しい会を開催できたらいいな、と夢想していた。

鯛造からのプロポーズのあと、身近な友人たちへ「結婚しようと思うんだ」と報告したときの、「おめでとう」「良かったね」といったリアクションを受けて、更に式や披露宴をしたい思いは強まった。自分の結婚は、他の人たちの結婚のように、恋愛の盛り上がりや、経済力の保障とは無縁なのだ。「ぶす」と「可愛い女性」を同じように扱うのはやめてもらい、別の価値観の中で「ぶす」が生きていけるようにしたい。

「ぶす」の結婚に、「可愛い女性」の結婚とはまったく別の価値を見つける。「ぶす」から生まれた発想だったが、「世の中の価値観に馴染むために結婚式をするのではなく、個人の力作業で新しい結婚式をする」という大きな志が生まれたわけだ。

しかし鯛造の考えは違った。鯛造は、結婚式なんてしなくてもいい、と言った。一緒に暮らせればいいというのだった。鯛造はこれまでに、結婚式というものは、姉のときしか経験していない。だから、イメージが湧かないらしい。

「もしもお金があったとしても、その考えは変わらないの？」

豆子が尋《たず》ねると、

「うーん。……そうだね、お金があれば、どちらかといえば僕も結婚式は挙げたいよ。皆にいっぺんに挨拶《あいさつ》ができるし。それに、豆子ちゃんの希望は叶《かな》えたいもの。あと、女性が経済力を持っていく、って発表することに対しては、異存ないよ。男だから妻に立ててもらいたいなんてことは、全く思わないし。むしろ、僕がかっこ悪くなっても、豆子ちゃんを立てたいよ」

鯛造は答えた。

「嬉《うれ》しい。それなら、私が出したい」

豆子は手を挙げた。

そして、ホテルで式をする方向に話は進んだ。というのは、まず一番大事なことはゲストに礼儀を尽くすことだ、と意見が一致したからだ。失礼がないようにすることを第一に考えたい。マナーやおもてなしの仕方に疎《うと》い豆子や鯛造が、レストランやカフェなどを貸し切りにして行うよりも、ホテルで催し、その中で豆子や鯛造の結婚観を出した方が、ゲストに喜ばれるだろう、そう思った。

まずは五月に、豆子の両親との食事会をセッティングした。埼玉の寿司屋にした。これは豆子の両親が指定してきた店だ。会計は豆子が持った。二万千五百六十円だった。

それから六月、鯛造の両親との食事会をセッティングした。大森の蕎麦屋《そばや》にした。これは鯛造がネットで調べて予約した。この会計も豆子が持った。二万三百六十五円だった。

そのあと七月、両方の両親を招待し、六人で食事会を開いた。新宿の会席料理屋だった。これは鯛造がネットで調べて予約した。小田急サザンタワーにある、眺めの良いところだった。これも会計は豆子が持った。七万六千五百七十一円もした。

挨拶は完璧だった。どちらの両親も豆子と鯛造の決めたことを理解してくれ、応援すると言ってくれた。だが、ぐったりした。豆子はお金を払うのがもともと好きだった。しかし、これは何かが違う。おそらく、知らず知らず金が出ていくところに、ストレスを感じるのだ。

それは豆子が初めて味わう感覚だった。その嫌な感じは、金がなくなる怖さというよりも、金のなくし方を自分でコントロールできないという恐怖だった。

豆子は、三月に東日本大震災が起きたとき、その三日後に義援金として四十万円を赤十字の口座へ振り込んだ。そこには迷いがなかったし、遠くのことに心を痛めつつも、金を出すことに関しては清々《すがすが》しい思いを味わった。自分の稼ぎから出した金を、遠くの人の生活に役立ててもらう。金の行方《ゆくえ》を確認したいという思いは、全くなかった。きちんと配分して欲しいなんて全然思わない。適当に使ってくれて構わない。とにかく払わせてもらったことが喜びになった。自分が社会にコミットできたような、大人として社会に組み込まれたような感覚があった。金額に関しても、まったく後悔しなかった。だが、自分の家族に金を遣うことには、二万円でも嫌な気持ちになる。家族との食事代に八万円近く払うと血の気《ちけ》が引く。何がいくらで、チャージがいくらで、酒がいくらで、と細かい数字が気になる。

単に二万円や八万円をなくしたことが辛いのなら、四十万円という大金《たいきん》を義援金にしたことにも痛みが伴ったはずだが、そんなことは全然なかったのだ。たとえば遠くの人が、自分が送った義援金で、自分よりもおいしい食事をしたとしても、まったく構わない。もう振り込んだあとだから、遠くの人のものだ。

だが、自分や家族の食事に大金を遣うことは気持ちが悪い。細かいところまできっちりしたい。あとあとまで、その数字を覚えておきたい。この嫌な感じはなんだろう、どうやったらなくせるのだろう、豆子は首をひねった。

食事会のあと新宿から帰る中央線の中では、「良かったね」「上手くいったね」と豆子と鯛造は言い合ったのだが、それから一週間後、鯛造のアパートで結婚式場の比較をしているとき、

「私、この間のお食事会で、会計したときは、冷《ひ》や汗《あせ》が出た」

つい豆子は言ってしまった。

「どうして？」

優しい顔で鯛造は尋ねた。鯛造は坊主頭だが、顔立ちは愛らしい。

「あんなにかかると思わなかったもの。現金で払おうと思ってATMでおろしていったけど、足りなくてカードで払った。鯛造に予約を任せて悪かったけど、でも、あん

ないいお店で食事会することなかったのに」

「豆子ちゃんはグレードの高いレストランで食事したいのかと思った」

「なんで？　私が払うのに」

「払いたくないんだったら、そう言えばいいじゃないか。うちの親が出してくれたと思うよ」

「それは、前も言ったじゃない。私たちはもう三十代だから、二十代の結婚とは違う。私たちの場合は、結婚式に自立の儀式を取り入れないことにしようって」

豆子は根気よく説明した。今まで数々の結婚式に参列してきて、多くの人が結婚式の中で親からの自立を演出しているのを見た。親への手紙や、親への花束などだ。だが、豆子は思った。二十歳で結婚するのなら親へ感謝するのもわかるが、三十歳だとそのタイミングはとうに過ぎているのではないだろうか。結婚式のときには、豆子は三十三歳、鯛造は三十四歳になっているから、社会人として十年以上を過ごしたあとになる。このタイミングでの結婚式で、仕事仲間や友人の前で「親から自立します」と宣言するのは、自分としてはしっくりこない。だから思い切ってすべてなしにしよう、と思いついた。結婚式で、一緒に歩いたり、挨拶したり、花束贈呈をしたりはしない。つまり、金の援助を受けるわけにはいかないのだ。結婚式では、親や親族はホスト側とするのが一般的だが、鯛造と豆子は親もゲストとして扱う。そのために、最初から自分たちは自立していなくてはならない。すなわち、最初の挨拶の食事会でも、自分たちが食事代を持つ。そして、自分たち、とは言っても、鯛造は払えないから、豆子が払うのだ。

「それはわかっているけど。……不満があるなら、店選びも自分でやったら良かったじゃない」

鯛造は怒った。

「でも、現代日本の一般的な場合は、夫が払って、妻が予約をしたり気遣いをしたりという仕事をするでしょ？　私たちの場合は、一般的な夫がしていることを私がしているわけだよね？　だから、鯛造には妻の役割をして欲しいよ。まあ、今回はお互いに金銭感覚がすり合わせられなかったわけだし、私も、前もって予算を伝えるということを思いついていなかったから悪かった。でもこれからは、こういう行き違いがないようにしよう」

豆子は低い声で言った。

「わかったよ」

渋々といった感じで鯛造は頷いた。

「それで、この数字はノートに書いて、鯛造も暗記して」

豆子は領収証を見せた。

「暗記はできないかもしれないけど、メモはしておくよ」

不思議な顔で鯛造は領収証を受け取った。金を出し渋るのは理解できても、数字を暗記しろという命令は不可解だったのだろう。

「そうしてくれ」

豆子は夫役になり切って頷いた。そして、恐怖に震えた。どんと五百万払うのと、知らないうちに十万、二十万と少しずつ出て行くのでは、少しずつ出て行く方がぞわぞわして怖いものだ。食事会だけで十何万かかって、ホテルの予約金で十万円振り込んで、ということをし始めると、豆子の背筋はすうっと冷たくなった。豆子は、金をどこにいくら遣ったかは、しっかり覚えておきたい。そして、鯛造にも把握しておいて欲しくなった。食事会に八万近いお金を払ったことを、鯛造が記憶しないことは許せない、とそんな不思議な気持ちが湧いてきた。

結婚を決めたときは、金に関しては、持っている方が出せば良い、と単純に考えていた豆子だった。だが、気持ちというものはもっと複雑だったのだ。見通しが甘かったことに、ゆっくりと気がつき始めた。

そうして、夏の盛りが過ぎた頃には、豆子は結婚に対して不安でいっぱいになっていた。思えば、箱根でプロポーズをしてもらった五月は、三月の大震災のあとで心が平常とは違う動きをしていた。

箱根旅行は、本当は三月に予定していたのだが、震災のすぐあとで、電車の動きがイレギュラーだったし、余震も続いていたので、「延期しよう」と話し合ってキャンセルした。そして、その延期した旅行を五月に決行したのだ。中止ではなく延期にしたのは、社会に蔓延する「自粛《じしゅく》ムード」のせいで、外食産業や旅行産業がまわらなくなっているようだ、箱根の方も客足が途絶えていて大変らしい、旅行をして「お金を落とした」方が良い、といった話を方々から聞いたためだった。震災のあと、少ししてからは、「贅沢《ぜいたく》を不謹慎と思わずにお金を遣おう」ということがあちらこちらで叫ばれるようになった。「外食しよう」「支援のためにお金を落とそう」「お金を遣って、日本経済を活性化させよう」そういった言葉を耳にして、豆子も鯛造ももっともだと頷き合い、その頃は無理な節約はせずに、できるだけ外食をしたり、旅行へも出かけた。夏には、二人は仙台と福島も旅したのだ。だが、「お金を落とそう」という科白は、あまりに上から目線のようで違和感があった。旅行中、仙台に住む友人に会いにいくと、「仙台、楽しんでいる?」と聞かれた。そこでやっと気がついたのだ。仙台に住んでいる人は、仙台を楽しんでもらって、金を得たいはずである。「自分の仕事で得たものと等価だとたとえ感じなかったとしても交換しよう、そうした方が経済がまわるから」とそんな風に考えるのは驕りだ。義援金と買い物はまったく違うものなのだ。そこで友人に、おいしい居酒屋を教えてもらい、煮魚《にざかな》と日本酒を堪能した。決して、仙台も福島も「可哀想な土地」ではなかった。価値を見つけ味わおうとする前に、「金を落とそう」と考えるなんて、経済活動というものを嘗《な》め過ぎていた、と豆子は帰りの新幹線の中で省《かえり》みた。

ただ、その頃はそういう考えが流行《はや》っていて、誰もが、「国を活性化させよう」とわけもわからずシュプレヒコールを上げていたのだ。だから、その五月、豆子は普通とは違う心で旅した箱根で「結婚しよう」と言われると、そうだ、結婚で経済活動をして社会を活性化させよう、と大きな気分になったのだ。

御茶ノ水駅で降車して、楽器屋や大学を横目にホテルへ向かい、打ち合わせを済ませる。担当者に初めて会えた。これまでに、鯛造と一緒にホテルを二回訪れて、申し込みや打ち合わせをしたのだが、二回とも別のスタッフが対応した。だが、今日初めて会った人が本当の担当者だと言う。豆子は困惑しながらも、悩みや疑問をぶつけて小一時間話した。だが、はかばかしい打ち合わせにはならなかった。結婚式に対する不安が更に募ってきたため、

「もしも今キャンセルするとしたら、キャンセル料はいくらになりますでしょうか？」

と豆子は尋ねた。担当者は目を白黒させて、「少々お待ちください」と言って奥に引っ込み、十分ほどして戻ってきて、

「四十万円になります。本当にキャンセルなさるようでしたら、支配人が直々《じきじき》にご説明したいと申しております」

と言った。

「そうですか……。それでは、まだキャンセルはせずに、考えてみます」

豆子はそう言ってホテルをあとにした。

中央線に乗り、もう吉祥寺へ帰ろうと思っていたのだが、急に思いついて、また新宿で降りる。結婚式を取り止めようか、ということが頭をよぎるのに、決行した場合を想定すると、皆に失礼なことにならないか、ということが気がかりで、準備を急《せ》い

てしまうのだ。御祝儀をもらうことを考えると、ぞっとする。もっと深く考えてからホテルの予約をするべきだった、と豆子は悔やむ。だが、船を出してしまったのだ。このまま出航するか岸に戻るか、しばらく悩むとしても、止めても決行してもどちらでも大丈夫なようにこの一週間は動き続けなければならない。カウントダウンがすでに始まっているのだ。

豆子は新宿髙島屋で引き出物を選んだ。

夜になってから吉祥寺に帰り、勤務を終えた鯛造と落ち合って、夕飯を食べた。深夜営業をしている、安い中華料理屋で、ピータン豆腐と、餃子《ギョーザ》と、酸辣湯《サンラータン》を注文する。

「そろそろ招待する人を決定しないとね」

と鯛造がジャスミン茶をすする。

「でも、結婚式を本当に行えるかどうか自信がなくなってきた」

豆子は正直な気持ちを打ち明けた。

「どういうこと?」

「うーん」

「今日、お姉さんたちとランチしたんでしょ？　なんか言われたの？」

「うーん。マリッジブルーなんじゃないかって」

「何それ？」

「え？　マリッジブルーを知らないの？」

「知らない。有名な言葉？」

鯛造はきょとんとする。

「うん。……あ、メールが来た。読んでいい？」

豆子は説明が面倒《めんどう》になり、せっせと豆腐を口に運んだ。バッグに入れていた携帯電話が震えたので、取り出す。メールは大学時代の友人である大山《おおやま》からで、十月頭に酒を飲もう、という誘いだった。

豆子には、大学時代から続く四人の仲間がいる。卒業して二、三年の間は、皆、慣れない仕事のせいで生活に余裕が持てずに疎遠になっていたが、落ち着くとまた集まるようになり、二十代後半の頃は三ヵ月に一度は、やれバーベキューだ、やれ飲み会だ、やれ自転車旅行だ、と遊んだ。しかし、三十を過ぎた頃、皆がばたばたと結婚し始めた。人生が同じようなタイミングで進むなんて変だ。五人のうち二人が三十歳で、一人が三十一歳で結婚し、豆子が三十二歳で式を控え、もうひとりは「来年にはしたいな」と言っている。皆が世間の風に吹かれて、決して自分のタイミングではなく、年齢を意識しながら社会における立ち位置に従って人生を進めているのだ。

その仲間のひとりが大山という男だった。大山は三十一歳で職場の先輩と結婚をして、生まれたばかりの娘がいる。

豆子は大山との待ち合わせのため、渋谷《しぶや》の「ハチ公前」へ向かった。学生の頃から、そこで待ち合わせをしてきた。豆子たちの通った大学は、渋谷駅から徒歩で十五分ほどのところにある。

大山は先に着いていた。柵の上に腰掛けている。ラグビーで鍛えたがたいのよい体を折り曲げて、何やら文庫本に目を落としていたが、豆子に気がついて、無言で手を上げる。豆子も顔だけで挨拶した。

「今日、オレだけなんだけど、いい？」

ぴょんと柵から下りて、大山は言った。

「あれ、加山《かやま》くんは？」

「なんかね、駄目なんだって。仕事とか」

「そうか」

豆子は頷いて、先を歩く大山を追いかけた。

「オレ、早めについたから下見してたんだ。候補が三軒あるんだけど」

「ふうん」

「見る？　どの店も近いから」

と大山が聞くので、頷いた。そして、大山が良いと思った三つの店を見て回った。

博多に本店がある水炊き屋、小汚い串揚《くしあ》げ屋《や》、チェーン店の和食屋だった。

「串揚げ屋にしよう」

と豆子は指さした。


おすすめのコースと、豆子はビール、大山はカシスオレンジを頼んだ。大山は酒が弱いのだった。無愛想な大将は黙って酒を注ぎ、豆子の前にカシスオレンジ、大山の前にビールを置いた。

「まあ、そう思われるよね」

二人は手を交差させて、相手の陣地に置かれた酒を取った。

カウンター内には大将がひとりだけ入っていて、次々に串を揚げていく。手伝いの若い人は隣りの部屋にいるようで、カウンター内に入ることは許されていないようだ。

「ねえ、十二月四日って空いてない？」

乾杯、と軽くグラスをぶつけたあとに、豆子は聞いた。

「えっと……」

大山が手帳を出した。

「結婚式するから、良かったら来てよ」

豆子は誘った。

「お、もちろん行くよ。とうとう決まったんだ。おめでとう」

大山は手帳をめくって、四日に書き込みをした。結婚をしようと思っている、というところまでは、前に集まったときに報告をしていた。

「うん」

豆子もなんとなく、自分の手帳をバッグから取り出して開いた。すると、押し花にしておいたコスモスが、ひらりと床に落ちた。

「何か落ちた、ゴミ？」

大山はそう言いながらも、屈んで拾ってくれる。

「うちで育てた花、手帳に挟《はさ》んでおいたんだった」

それを受け取り、豆子はもう一度挟み直した。

「豆子ちゃんは、こういうのが大事なんだね」

大山が言った。

「こういうの？」

豆子は首をかしげる。

「押し花とかさ」

「そうだね」

「不思議な習慣だよね。猿は押し花なんてしないよな」

大山はカシスオレンジを電灯に透かして、太古の昔に視線を遣った。

「そうだな。初めて花を摘《つ》んだ人って、何を思って摘んだんだろう」

豆子は目を瞑《つむ》った。花を摘む、という仕草は野性的なようでいて、人間しかしない行為だ。

「二足歩行を始めて、手が空いたから花を摘んで……。そのあとは、やはり誰かに贈ったんだろうなあ。ラブレターにしたのかもな。まだ文字がない頃、花を摘んで、相手の家の前にそっと置いておくことが、手紙になったかもしれない」

大山はそんなことを話す。

「あはは」

穴倉《あなぐら》の前で野の花を見つけるシーンを思い浮かべて、豆子は笑った。

「豆子ちゃんは、学生の頃からこういうことをしていたね、花を摘んだり挟んだりとか。サークルで合宿したときも、山で野草を摘んでいたね」

「なんにもならないことだけどな。花なんか持ってても、食えもしないし」

それから、大山が保育園になかなか空きが出ない話をして、豆子は結婚式の準備が大変である話をした。

「なんか、オレたち、つまんなくなったね」

大山がぽつりと言った。

「夢がなくなったな」

豆子も同意した。

「夢ってなんだろう？」

大山がエビのしっぽを皿の端に置きながらつぶやくので、

「金儲《かねもう》けしたいな。昔は、希望の職に就くこと、と思っていたけど、今は単純に稼ぎたいよ。大金《たいきん》稼ぐことが夢」

豆子は紫蘇《しそ》の巻かれたフライをかじった。冗談のつもりだったが、

「香りのビジネスはどうかな。今は香りが儲かるらしいよ」

大山は真面目な顔で言って、カシスオレンジをこくりと飲んだ。

「香り？」

と豆子は聞き返した。香りでお金が稼げるのだろうか。

2

ゴボウはなんて良い匂いなんだ、と感動しながら、豆子はシンクに立っている。ささがきにしていくと、どんどん匂い立ってくる。シュッシュッと包丁を動かす。長いゴボウをエンピツを尖《とが》らせるように削《そ》いで、ボウルの中めがけて落とすのだが、多くがこぼれてシンクに落ちた。その見た目はまさにエンピツの削りかすのようで、水洗いし、包丁の背でごしごしやったあとだというのに、やはり土色。野菜の中で一番器量が悪い。どう見ても根っこでしかなく、ニンジンや大根のような、食べられそうな雰囲気が、容姿には全くない。だが、包丁を当てたあとの香りで、「これはおいしいぞ」とわかるのだった。

十一月に入って、滝野《たきの》川《がわ》ゴボウの旬がやってきた。豆子は米にいろいろ混ぜ込むのが好きで、今日はかやくごはんだ。こんにゃくとニンジンと油揚げも切る。料理をしている間、台所はずっとゴボウの香りに包まれていた。作業をしている間に、精神が落ち着いてくる。ゴボウって素晴らしい。豆子はもう一度、この汚らしい野菜を賞嘆する。ゴボウのおかげで、マリッジブルーが、少しだけ薄らいできた。

「ゴボウのアロマってないのかなあ」

豆子はひとりごちた。もしも、ゴボウの精油があったら、買うのに。いや、抽出するのが難しいのだろうか。あるいは、ゴボウの香水があったら？

「私だったら、絶対に買う」

見た目が悪いけれど、人を落ち着いた気分にさせる匂いを持つなんて、まさに豆子にとっての「理想の自分」のイメージだ、と考える。ゴボウのような人間になりたい、と思う。

香水を求める人の気持ちはどんなものだろう。はたして人は、「自分に似たイメージ」を求めるものなのだろうか。そういえば、香水の広告によくあるイメージは、実際に、「理想の自分」を打ち出そうとしているようだ。

もしも、今豆子が見ているような、ゴボウのささがきがシンクに散らばっている状態を雑誌に載せても、広告効果はないだろう。つまり、地味なイメージの香水を欲しがる人はいない、ということだろうか。だが、豆子はああいった広告に惹かれない。豆子は、いい女になりたい、といった欲求が乏しい。豆子は前向きに努力して社会参加がしたいが、美人になる必要はないと思っている。地味さを肯定し、ぶすなままで前向きに人と交わっていきたいのだ。

そういえば、大山が「香りのビジネス」の話をしていた。ささがきをかき集め、おかまに入れながら、豆子は思い出した。先月、大学時代の友人である大山と二人で飲んだときに、大山が、

「今は香りが儲かるらしいよ」

と言った。卒業後もよく集まる同級生の五人グループのうち、大山は出世頭だ。就職氷河期と言われる時代だったにも拘《かか》わらず大手食品メーカーに就職し、営業部に配属され、今は上司からも期待されるばりばりの営業マンらしい。三十歳を過ぎて、顔つきに働き盛りの自信も見えるようになった。

だが、食品には関係のない「香りのビジネス」というのを、どこで聞いたのか。そして、あの科白の真意はなんだったのか。そのときの豆子は、なんとなく聞き流してしまい、何もつっ込まなかったのだが、よく考えるとおかしい。会社を辞めたいのだろうか、と想像してみる。いや、大山は赤ちゃんが生まれたばかりだ。これから育児をするというときに辞表を出すわけがない。

豆子は首を振った。どちらにしても、他人の人生を勝手に想像するのは良くないことだ。醤油や料理酒を計量カップで量り、おかまに注ぐ。

では、自分はどうだろうか、と省みる。実は豆子は、その話が出たときは大山に深く尋ねなかったのだが、そのあとに何度も、会社でエレベーターに乗っているときや、マンションで家事をしているときなどに、「香りのビジネス」という言葉を頭に浮かべ、自分の人生に照らし合わせてきた。炊飯ジャーのスイッチを押す。

豆子の働いている会社は、メインの商品が芳香剤の大手メーカーだ。豆子は幼かった頃、自分の未来にあまり夢を持っていなかった。姉妹で将来の夢を語るとき、長女の花は「ファッションデザイナー」、三女の草子は「声優」、と夢のあることを言っていたが、豆子は、「ＯＬ」だった。四女の星は「主婦」と、一見「ＯＬ」と同じような地味な言葉を口にしていたが、その実は「お金持ちの奥様」「おしゃれママ」というイメージを幼稚園の頃から克明に語っていたので、豆子の使う漠然とした「ＯＬ」という言葉とはまったく違った。十代になると「ＯＬ」とは言わなくなったが、「物作りの会社に勤める」「自立したサラリーマンになる」という言い方で将来を語った。

豆子が思っていたのは、とにかく社会に組み込まれること、そして自活することだった。器量が良くないし、性格も地味。自分が社会の中で大きな役割を果たせるとは思えない。弾き出されるのは嫌だ、なんとか社会にしがみつきたい。大学三年生になって、どこでもいいからとにかく会社に入りたい、と就職活動をして、新卒で小さな建築会社に契約社員として入った。その後転職活動をし、匂いを嗅ぐのが好きなことを理由に今の会社に入社したのだが、配属は営業部だ。最初に思い浮かべていた仕事とは別のことをしている。仏文出身、生粋《きっすい》の文系である豆子が、開発事業部や販売促進部といった会社の要《かなめ》の場所になんて、もともと入れるわけがなかったのだが、完全なる営業仕事をするとも思っていなかった。どこでもいいから、自分を拾ってくれる会社に組み込まれて、給料を得て生活できればいい。そう考えていたはずなのだが、今の自分がため息ばかりつき、「香りのビジネス」の言葉に心が躍るのは、本当のところはやはり、自分を活かせる職につき、社会に役立つ自分を実感したい、という夢を心の底に持っていたのかもしれない。豆子は、芳香剤の開発や、販売促進のアイデアを出したい。

そもそも、「香りのビジネス」という言葉を聞いたとき、自社製品をまず思い浮かべなかったということは、自分はやはり、愛社精神が薄いに違いない。部屋やトイレに置く芳香剤に関することだって、「香りのビジネス」と呼ぶことはできる。だが、大山の科白を聞いて、豆子はまず、アロマオイルや香水のことを考えたのだ。今の会社を辞めて、何か新しい仕事をしたい、というのが自分の心の中にあるのかもしれない。しかし、三十三歳で退社というのは、年齢がいきすぎているのではないか。退社だなんて……、何よりもまず、年齢で躊躇《ちゅうちょ》してしまう。

大学時代の仲良し五人グループのうち、大山を除いた四人が、転職を経験している。それも、二十五歳から二十八歳までの間にだ。この友人たちの他にも、これくらいの年の頃に、会社を辞めて転職活動をしていた同世代の知り合いが数人いる。つまり結婚と同じで、転職も、自分の頭だけでするものではなく、世間に流されて決めるものなのだ。豆子だって、もしも世間というものがなかったら、十八歳で大学に入り、二十二歳で会社に入り、二十六歳で転職し、三十歳前後で結婚なんて、しなかった。自分で決めてこなかったのだ。世間の中の自分、そればかり考えてきた。「就職したら、そこがどんなに自分に不向きに思えても、三年は続けるべき。何かしらは学べる。それに、三年やらないと次の会社で評価されない」「だが、二十八歳を越えると、中途採用され難《にく》くなる」という都市伝説がある。それが真実なのかどうかは定かでないが、豆子は、大学の先輩からも、会社の先輩からも、こういった科白を聞いてきた。だから、新入社員でなかなか仕事に慣れず、「もう、辞めたい」と本気ではないが、愚痴まじりにそんなことをつぶやいてしまうときに、「でも、三年はやるんだ」とぐっと堪《こら》えたし、二十六歳で転職したときには、「もうこの会社に骨をうずめるんだ」と思った。

そんなことをつらつらとダイニングテーブルに頬杖《ほおづえ》をつきながら考えていると、ピンポン、とインターホンが鳴った。三女の草子が家に来たのだった。

「いらっしゃい」

豆子は迎え入れた。草子はぼさぼさの髪をひっつめポニーテールに結《ゆ》い、高校時代から着ているダッフルコートを羽織り、にこにこして立っていた。

「手伝ってあげるね」

草子は、絞りの布で作られた和風の巾着《きんちゃく》を持ち上げてみせる。中から、ハサミやペンが覗いていた。

結婚式を来月に控え、豆子は自分が選んだ結婚相手は、あくまで愛情を深く捧げる相手であって、人生を共に切り開く「パートナー」ではない、ということに気がついたところだ。

鯛造は素晴らしい人間性を持った立派な人だ。しかし、豆子は共同で何かを進める人を得たわけではないのだ。

それは、結婚式の準備をしているうちに、だんだんとわかってきた。結婚式をする、と決めたときは、誰でも式や会というのは開けるものだと思っていた。豆子の周りのほとんどのカップルが、結婚式と披露宴と二次会を行っていた。豆子自身、十回以上、そういった同じような式や会に参列してきた。式や会を開いた当人たちは皆、特別に能力がある人ではなく、普通の人たちだった。失礼ながら、二人合わせても豆子ひとり分よりも所得が低いと思われるカップルだっていた。でも、どの式も会も、とても素敵だったし、豆子自身も楽しめた。だから、金が少なくても、遣り繰りすれば十分に、礼儀に適《かな》った、参列者を満足させることのできる式や会を開けるということが、よくわかっていた。

それで、豆子には、結婚を決めたときに、「結婚式を挙げる能力が自分たちにはない」ということに思い至らなかったのだ。

しかし、準備を進めるうちに、それは間違った考えだったということがはっきりしてきた。二人で稼ぐのと、ひとりが稼いで分配するのでは、大きく違う。

よく、「式の準備を彼が手伝ってくれない」という愚痴があるが、それは、能力があるのに手伝ってくれない、ということだ。だが、鯛造は違う。「準備は僕がやるよ。豆子ちゃんはお金を全部出してくれるんだから、僕が進めなくちゃ」と言ってくれた。だから当初は、豆子は会社内で出世するために仕事を増やし、式の準備は、お手伝いをしてくれる方々への連絡も、式場との遣り取りも、スケジュール管理も、すべて鯛造に任せるつもりだった。だが、日が経つにつれてゆっくりと、鯛造には準備ができない、たとえやる気を出してくれてもできない、ということがわかってきた。まず、段取りが組めない。マナーも知らない。お手伝いをしてくれる友人たちを、「スタッフ」として紹介しようとする。いわゆる、「常識」がない。また、豆子の悩みを相談しても、その相談内容自体を理解できない、ということがよくあった。

能力があるのにやってくれない、という人だったら、なだめたり、頼み方を工夫したりすればいいかもしれない。だが、鯛造はやってくれるのだ。鯛造は決して、「できない」と言わない。だから、豆子は鯛造には何が難しいのかを、自分で気がつかなくてはならなかった。鯛造は「やる」と言ってくれているが、どうもやれそうではないな、ということをこちらが察しなければならない。また、鯛造がやってくれたことは、あとから自分がチェックしなければならない。それで、豆子としては、初めからひとりでやっていれば頭の中で整理できていたことを、二人分の行動を読んで、穴がありそうなところを探してチェックして、という手間をもう一度行わなければならず、そこを大変に感じたのだった。

そういったことは、「結婚を決める前に気がつかなくてはならない」と、結婚の先輩からよく言われる。結婚後に、「大変なんです」と誰かに相談してしまうと、気がつかなかったお前が悪いと責められる。だが、豆子は気づけなかった。そして、気づけなかった自分が悪いとも思えなかったし、鯛造と結婚を決めたことに後悔はまったくなかった。

鯛造は、マッサージ店での仕事は、すごくできる。店で見ると、有能なスタッフそのものだ。話し方もしっかりしているし、長年この仕事をしてきた自負に満ち溢れている。上司や部下にも好かれているようだ。鯛造の仕事のやり方に、まず豆子は好感を持った。鯛造は仕事ができるのだ。それ以外の一般常識が抜けているだけなのだ。そして、できないことが多くても、鯛造を全然嫌いにはならない自分がいるのも事実だ。「大変だ」とは思っても、好きなままだ。人間として、まっとうで、真っ直ぐで、明るい存在だ。単に、豆子が「当然」と思い込んでいた世の中の仕組みに、鯛造がはまっていない、というだけのことなのだ。豆子のように暗い考え事をうじうじしない。明るく前向きで、人の悪口を決して言わず、誰のことでも好きになり、誰からも好かれる。そういうところは本当に尊敬している。大体、「できないことが多い」というのは、欠点なのだろうか。いや、違う。ただの個性だ。こちらの考える「社会という枠」を当てはめるから、「できないんだな」と思ってしまうだけのことだ。つまり、社会欲が強く見栄っ張りな豆子の側の問題なのだ。

そもそも、豆子は手伝ってくれる人が欲しくて結婚するのではない。愛情だけもらえればいいのだ。豆子の人生を手伝ってくれる人は他にたくさんいる。

式に関して、ここまでの準備はほとんどひとりでやってきてしまった豆子だったが、一ヵ月前になってようやく、姉妹たちに助けを求めるということを思いついた。すぐ、実家に電話して、「大変なの」と愚痴ると、草子からは、「待ってました。すぐ、行くわ」と返ってきた。無職のひきこもりであるため、身軽ということもある。ひきこもりが身軽というのも変だが、草子は対外的なことには臆病《おくびょう》だが、家族の用事や、家の中のことでは、すぐに体を動かす質《たち》だ。

「ありがとう。先に夕ごはんを食べよう。かやくごはんよ」

豆子は、洗面所を指さしながら言った。

「やったあ」

草子は洗面所で手を洗い、ダイニングに着いた。

「あと、もうちょっと作ろう」

豆子が言うと、

「手伝うね」

と草子は指示を待ってくれる。

「そしたら、あれをやろうかと思うんだけど。りんごとさつまいもの重ね煮」

「お母さんがよく作ってくれたやつね。最近やらないけど」

「そうそう」

冷蔵庫の野菜室からりんごとさつまいもを豆子が取り出すと、草子は受け取って水洗いし、輪切りにしてからフライパンに並べた。姉妹が子どもの頃に、母親がよく作ってくれた簡単メニューだ。

「ねえ、すごおく、いい匂い、でしょ?」

豆子がかき玉汁とほうれんそうのおひたしを作りながら、片目を瞑りながら言うと、

「何が?『すごおく』?」

きょとんとして草子が尋ねる。

「炊飯器よ」

「ああ、うん。確かに、言われてみれば……。秋の匂い? 豆子ちゃんは相変わらず、鼻が利くね」

「ゴボウがこんなにもいい匂いだって感じたのは初めてかも。あるいは、鼻が利くからじゃなくて、年齢のせいかもね。草子ちゃんも三十越えたら、ゴボウの良さがわかるわよ」

「そうかなあ」

五歳下の妹は肩をすくめた。でき上がった四品をそれぞれ器に入れて、ダイニングテーブルに並べる。

「いただきます」

と二人で手を合わせる。

「何が大変なの？　紙まわり？」

草子は尋ねる。草子はインターネット上で作った友人たちと、たまに同人誌のようなものを作って遊んでいるらしく、紙の作業が得意らしい。メニュー表や席札の作業に追われていると想像して、それを手伝おうと思ってくれたのに違いない。

「まあ、それもあるし、何やかや、すべてよ。もう、とにかく頭の中がごちゃごちゃしちゃって……」

豆子はかやくごはんを口に運ぶ。滅茶苦茶においしい。

「うーん、『植物の味』だ。ね？」

草子も食べて、そう言った。

「ひどい表現ね。もっとおいしそうな言い方で褒めてよ」

「いや、もちろん、おいしいのよ」

「子どもの頃は、ゴボウなんて、おいしいとは決して思わなかったよね」

「思わなかった。給食でかやくごはんが出ると、あーあ、と思っていた」

草子は顔をしかめて見せる。

「ねえ、あんたが持ってきた巾着、小学生から使っているやつでしょう？」

話題を変えて、ソファの上にある巾着を豆子が指さすと、

「そう、そう。小学校のバザーで買ったの。誰かのお母さんが作ったものよ」

草子は頷いた。

「物持ちいいね」

豆子は褒めた。知らない母親が、和布の端切《はぎ》れでパッチワークをし、下手な猫の刺《し》繡《しゅう》をほどこした、何気ない巾着。おそらく草子は気に入っているのだろう。百円ぐらいだったと思われるそれは、いまでも草子の心を和ませてくれている。知らない母親は儲けるためでなく、学校のバザーへ提出するために、ちくちく縫った。その不思議な仕事を、今も草子は味わっている。

「そうだ、ドレスは？　決まったの？」

「いや、鯛造さんのスーツは真っ先に予約しに行ったんだけどね。六月に見にいって、試着させて、私が十万払って、借りた。でも、自分のは後回しにしてて……。お

色直しをしないのは決めてるから一着なんだけども、どの程度まで払えるか悩んでいるし、自分がちゃらちゃらした格好したら笑いものになるだろうから恥ずかしくもあるし」

「一ヵ月前に決まっていなかったら、もう借りられないんじゃないの？　友だちが結婚するときは、一年前から決めていたよ」

そういった知識をあまり持っていないはずの草子でも、それくらいは知っているらしい。

「そうなんだよ。だから、スーツで出ようかな、と考えているのよね」

「それは、どうだろう……」

「ねえ、発言小町っていうサイト知っている？」

豆子は尋ねた。

「知っている。使ったことはないけど、あれでしょう？　読売新聞がやっているお悩み相談の掲示板でしょう？　それも、中流家庭の兼業主婦で、『働いている自分が好き』という人ばかりが書き込みしている。マナーにうるさい人たちだよね」

「そう。そこでさ、結婚式の質問が結構多くて、参考になるかと思って読んでいたら、だんだん怖くなってきちゃって……」

「怖いって何がさ？　女が？」

「いや、私はさ、他の人の結婚式に参列したときって、いつも楽しかったんだよ。招待されたときは必ず嬉しくなった。『わー、私とのこと、式に呼びたい関係って思ってくれてるんだなあ』って。それで、披露宴見ていると、物語が感じ取れるでしょ？『こうやって別々の人生歩んでいた人がここで出会ったのか』って。あと、知らなかった友人の友人と会えたり、ご家族やご親戚の人とも会えたりするでしょう？ドレス姿見るのもわくわくするし、非日常感にどきどきするし、私は人の結婚式って、すごく好きだったのよ。……でもさ、その発言小町を見ていたらさ、どうも世間の大多数の人が、『結婚式に呼ばれるのは嫌だ』と思ってるっぽいのよ。『他人が主人公の会を見て面白いのは親だけ。友人はつき合いで行くだけ』とか、『御祝儀もおしゃれも金がかかるから、できたら欠席したい』とか、『ウェディングハイの新婦にうんざり。式は招待客のために行うべき』とか、そういう書き込みが多くて、ええ、それが主流の考え方なの？　もしかして、私が招待してしまった方々もそう思っているの？と。私は、人の結婚式で、自分が招待されたときは嬉しかったし、招待されなくて他の友人たちだけその式に行ったときは悲しかったから、かなり多くの人を招待してしまったんだよ」

「なるほど、怖いね。私は結婚なんてするつもりないけど、万が一することになっても、結婚式は絶対にやらないもの。あれは、『見世物』でしょう？」

「そうか。私も、『やらない』って選択肢を、もっと早く見つければ良かった。最初は鯛造さんは渋っていたんだけど、やると決めたあとに私が、『大変すぎて、マナーに自信がなくなってきたから……』『経済力が、自分が思っていたほどないみたいで……』と、何回か中止を提案したら、『いや、やろう。もう、自分の先輩に司会をお願いしちゃったし、二次会も自分の友人に頼んじゃったから』って、決行しようと答えるようになった。もちろん、最初に『やろう』と言ったのは私だし、今更《いまさら》やりたくないと言うのは勝手なんだけど……。でも、鯛造さんは、先輩とか友人とかに対して、礼儀正しく振る舞えていないように、私からは見えちゃうんだよ。しかも頼んだ人にちゃんと連絡取っていないし、でもかといって私がいろいろ口出すとそれこそ『主人公感』が強まっちゃうじゃない？　まるで、『私のことを祝え』って言っているみたいな……。ごめんね、今喋っていることって、全部愚痴ね。お茶淹《い》れるわね」

豆子は食べ終わった食器をシンクに移して、給水器からお湯を急須に入れた。

「なるほど、『手伝い』って、愚痴を聞くことだったわけね」

豆子の行動を目で追いながら、草子はつぶやいた。

「いや、あの、作業も溜まっているのよ。スケジュール表を作らなきゃいけないし、司会者さんの原稿も書かないといけないし……」

「つまり、豆子ちゃんのメインテーマは、『主人公にならない式をしたい』ってことだよね？　当初は、『自分たちの結婚観を伝えたい』『招待客との絆《きずな》を強くしたい』という気持ちが強かったけど、今は、『とにかく怖いから批判をされないようにしたい』それだけの気持ちになってしまった、と。で、スーツを着たい、と」

草子は豆子から急須を受け取り、湯飲みに注いだ。

「そう、そう、さすが草子ね。よくわかってくれる」

豆子は頷いた。草子は高校時代に不登校になり、なんとか卒業したあと、一切社会に出ていないので、履歴書に書けるようなプロフィールは「高校卒業」のみだ。だが、頭の回転が速く、人の心の機微がよくわかる。だから、鯛造が高卒と聞いたとき、豆子はちっとも心配しなかったのだ。大学に行かなくても、頭の良い人がいっぱいいるし、話をしていて大卒と違うと感じたことはない。

豆子は話しているうちに、式はスーツで行い、ドレスや花の金を削り、料理と引き出物のランクアップをしようと決めた。とにかく、主人公感を消して、招待客の満足度を上げ、嫌われないようにしたい。

お茶を飲んだあと、草子はメニュー表や席札などの紙物の制作を手伝ってくれ、豆子の勧めに従って泊まっていった。

翌朝、まだ寝ている草子にメモを残し、豆子はベランダからミニトマトを摘んできて、弁当を詰めた。昨日の残りのかやくごはんも詰めた。二人分の弁当を作り、ひとつは自分が持っていき、ひとつは草子に置いていく。

朝の中央線は殺人的で、この電車に毎日乗るだけでも、自分はえらいと思う。本もスマートフォンも出せない狭さなので、豆子はひたすらじっとしたまま、目の前のサラリーマンの真っ直ぐな襟足《えりあし》を眺《なが》めてしのいだ。

会社に到着し、タイムカードを押してから、同じ部の人たちに挨拶をする。それからパソコンを立ち上げ、メールチェックをする。

豆子は仕事をしながら、「稼がなきゃ」と気を引き締めた。

鯛造は、四万円しか貯金がない。しかも、それのことを最初は、「僕には四十万円しかない」と言っていた。その科白を言った数日後、銀行に行って記帳をしてみたら、印字されたのは四万円という数字だったそうで、どうやら四万円を四十万とずっと勘違いしていた、とのことだった。

三十三歳の男が、四万円と四十万円の区別が付かないのか、と豆子は大笑いした。面白いから、「あり」と思う。でも、これは、自分がしっかりせねば。これからこの人を、老後まで、自分が支えるのだ。

退社後、晩ごはんは鯛造と食べる約束をしていた。

待ち合わせの駅前にある交番前に立っていると、鯛造がバックパックを大事そうに前に抱えて現れた。

「どうしたの？」

と尋ねると、

「豆子ちゃん、結婚式できるよ」

鯛造はにこにこして言った。

「どういうこと？」

いぶかしんで豆子が問うと、

「ドレス借りられるよ」

鯛造はすごく嬉しいニュースを告げるような口調で言った。

「なんで？」

「今日、実家に帰って話をしたら、うちの母が、『これを使って』って。僕が実家から仕事場に通っていた時代があって、その頃に実家へ入れていたお金を、母は使わずに取っておいてくれたんだって。『その分のお金だから、気兼ねしないで』って。あと、『自分たちの老後の分のお金はちゃんと別に貯金をしているし、弟が結婚するときのためのお金も別にあるから。それは大丈夫だから、気にしないでね』って、母が言っていたよ。二百万円くれたんだ」

「そう……」

豆子は黙った。

「これで、ドレス借りられるよ。結婚式やろう」

鯛造は豆子が喜ぶと信じて疑わないようだ。豆子はどういうリアクションをしていいのかわからなかった。鯛造の母親の気持ちは、痛いほどわかった。

だが、自分にも信念がある。

金がない、とぼやきはしたが、親から金をもらいたい気持ちはまったくない。

確かに豆子は、「お金がない」「経済力がそれほどあるわけじゃないから、結婚式は辛くなってきた。ドレス、借りられないよ」と言った。だが、それはつき合い始めた頃の豆子から見て、鯛造が豆子に幻想を寄せているように見えたからでもあった。貧乏な鯛造とは違って優秀でインテリの豆子には金があるに違いない、鯛造が一万円出すのと豆子が一万円出すのとでは重みが違う、鯛造が千円出すような気持ちで豆子が一万円を払っている、そんな風に鯛造から見られているような気がした。

しかし、一万円札《さつ》は、鯛造の感覚と同程度の重さで扱っている、と豆子は思う。宝くじに当たって六百万円の貯金ができたわけではないのだ。働いて作ったのだ。貯金が増えたからと言って、一万円の重さが軽くなるなんてことはない。それをわかって欲しくて、「自分だって、お金を払うのは辛いのだ」と言いたくなった。だから、「使った金額を暗記して」と頼んだ。

だが、鯛造は単純に、「本当にお金がないのが悲しいの」と受け取ったのに違いない。豆子の気持ちを察するのが大事なのではなく、金がないことが問題だ、と考えたのだ。

「とりあえず、このお金、どうしよう？」

鯛造はバックパックを撫《な》でた。

「そんな大金を持って街中は歩けないから、銀行に入れてきなよ」

豆子は促した。

すると鯛造は、自分の口座がある銀行のATMへ行って、入金した。豆子は入り口に立って、それを待った。豆子は逡巡《しゅんじゅん》した。鯛造の両親を悲しませることになるだろうと思った。

豆子と鯛造は、近所のイタリアンレストランへ向かった。

ワインを飲みながら、

「ねえ、さっきのお金だけど、お母さんのお気持ちはとても嬉しいんだけど、お母さんに返してもらえないかな？」

豆子は切り出した。

「どうして？」

大きな声で鯛造は聞き返した。予想外だったようだ。

「あのお金は、鯛造のお母さんのものでしょ？　もちろん、お母さんは鯛造に使ってもらいたいんだろうし、お返ししたら傷ついてしまうかもしれない。でも、私の気持ちとしては、あのお金で結婚式は挙げられない。お金をもらって式をしたら、もともとの私たちの考えと矛盾が生まれる。すでに自立して十年が経っているんだよ。私たちは三十代で、社会に出て十年が経っているんだから、『親からの自立』の表現ではなくて、『社会への感謝』を示すために式をやろう、って言っていたじゃない？　自分たちで働いたお金でやらないと、おかしいよ」

豆子は説明した。

「ふうん」

鯛造は下を向いた。母親になんと言っていいのかわからないのだろう。

「お母さんに、言い難いかもしれないけど……。でも、私の考えは、今言った通りだよ」

豆子は鯛造をじっと見つめた。

「豆子ちゃんは喜んでくれるとばっかり思ってた」

オリーブオイルにパンを押しつけながら、鯛造は言った。

「私はドレスが着られないのが怖いんじゃないの。招待客のみんなから嫌われるのが怖いの」

豆子はゆっくりと言った。

「でも、あのお金はもともと僕が働いて得たものだよ」

「だけど、一度お母さんに渡したものなんでしょう？　渡したあとに、やっぱりもらうっていうのは、自立していないってことになる気がするけど……」

「わかった。……お金は、母に返すよ。豆子ちゃんが嫌われないように、上手く説明する」

「ありがとう」

そんな風に格好をつけたくせに、その数日後、豆子はつい、自分の実家に電話をかけて、結婚式の準備が大変なことを自分の母親に愚痴ってしまった。

「うちはお金ないからね」

母は言った。

「でも、……私だって、お母さんに送金していた時期あったじゃない？」

「あれはもうないよ。うちは貧乏なんだから」

「お母さんは私にあまりお金を使いたがらないね。花ちゃんや星ちゃんのときは、成人式の着物も、大学卒業の袴《はかま》も買ってあげていたのに、私はどっちも一万円のワンピースで出席したしね」

花と星は、成人式と大学の卒業式に、それぞれ似合う装いをした。豆子はその年の頃、そういったものに興味がなかったため、自分から、「着なくていいや」と言った。だから、着せてもらえなかった、と今更ひがむのはとてもおかしい。しかし、他の友人たちの親は、たとえ本人が嫌がっても、「頼むから着てくれ」「成長した姿を見たい」と言うものらしいのに、と思ってしまう。草子の場合は、大学に行かなかったし、成人式で同級生に会うのを嫌がって参加しなかったしで、豆子以上に金はかけてもらっていないのだが、そういったことでむくれることはなかった。

「あれは、花ちゃんや星ちゃんは、自分で選んで、自分で準備したんだよ。私から着物の話をしたわけじゃない。二人とも、アルバイトもしていたしね。大体、豆子ちゃんには、予備校に行かせてあげたじゃない」

「ひどいなあ」

豆子がひがんでみせると、

「鯛造さんのご両親はどんなお召し物かしら。私は何を着よう？」

母親は言った。

「私のドレスが決まっていないのに、よくそういうことを言えるよね。他の人の親は、本人がドレスを着ないと言っても、『娘のウェディングドレス姿が見たい』って言うものらしいよ」

「だって、今はそんな時代じゃないでしょ？　ウェディングドレスだけが女の夢なんて時代は終わったでしょ？」

「そうだね。私はドレスは着ない。スーツを着る」

豆子は言った。「お見合いをしろと言われて断る自分」を想像していたのに実際はこちらから頼んでも紹介してもらえなかったときと同じように、「ドレスを着ろと言われて拒否する自分」「お金をあげると言われて遠慮する自分」を夢想していた豆子は、またもや勝手に落ち込んだ。豆子の方が古い人間で、母親の方が先進的だったのだ。

「それより、私は留《と》め袖《そで》を着た方がいいの？」

母親はカラリと言った。

「だから、それは連絡したじゃない？　ホテルに貸衣装があるから……」

「どこの部屋に行けばいいのかしら？　私、下見に行こうかしら」

「じゃあ、私も不安だから、一回ホテルへ下見に行こうよ。お母さんにも、ホテルを見て欲しいし」

豆子が言うと、母も了承して、行くことになった。

母を伴ってホテルに行くと、

「当日はどこへ行けばいいのかしら、花ちゃんと星ちゃんは受付をするんでしょ？

どうすればいいのかしら」

と自分と姉妹の心配だけをしたので、豆子はむくれてしまった。あげく、

「私はぶすだから美容室行っても仕方ないけど……、花ちゃんと星ちゃんは髪の毛やってもらった方がいいもんね」

豆子がうじうじ言ってしまうと、

「そうなんです、姉と妹は可愛いんですよ」

母親は素直なので、ホテルの従業員に向かって言った。

豆子の言ったことをそのまま繰り返しただけだ。豆子自身もそう思っているのだから、傷つく必要はない。しかし、傷ついてしまう。つまり、豆子は口ではいろいろ言いながらも、固定観念を捨てられない気持ちも持っているのだ。女性性をきっぱりとは放棄できていない。

豆子はひたすら、「なんとか結婚式を今からとり止める方法はないか」と考えた。ホテルの担当者はころころ替わり、相談できる相手ではなかった。鯛造には、鯛造にわかるように噛み砕いて話すというだけで大変だ。相談相手にはならない。

個人でやっている「ウェディングプランナー」のような人に、依頼をすれば良かっ

た、と悔やまれた。

結婚式の準備は、相手と二人だけでやる必要はない。単純に、他の人に頼めば良かったのだ。社会の中でやっていこうとしているのだから、二人だけで立とうとしなくてもいい。金を払えば、結婚式作りの「パートナー」をやってくれる人は現れただろう。これからの経済活動についての悩みも、金を払って、「ファイナンシャルプランナー」に相談すれば良いのだ。

子どもの頃、豆子は万が一将来に結婚というものをするとしたら、自分は相手のことを「パートナー」と表現するのではないか、とぼんやり考えていた。「夫」「旦那《だんな》」「主人」といった言い方でなく、「パートナー」という呼称が、豆子の小さかった時期に流行《はや》り始めた。幼い豆子には、それがとても良い言葉のように思えていた。

だが、大人になり、いざ結婚するとなると、鯛造のことを、「パートナー」と表現するのは、違うと感じる。鯛造に、人生を切り開く手伝いを求めたくない。そうではなくて、単純に鯛造を愛したいのだ。

もしかしたら、「社会的なパートナー」と、「プライベートにおける愛情を注ぐ相手」は別でもいいのかもしれない、そんな風に豆子は思い始めたのだった。

3

つかの間のひとりの時間を、豆子は楽しんでいる。渋谷のＢｕｎｋａｍｕｒａ内にあるドゥ　マゴ　パリの、吹き抜けの中にあるオープンテラス席に座っている。上の階にあるオーチャードホールで行われるオペラをひとりで観に来て、その前にふらりと寄ったのだ。

開演まで、あと一時間はある。公演中に腹が鳴っては困るから、小腹を満たしておいた方がいいかもしれない。手を挙げて給仕を呼ぼうとするが、かなり忙しいようで、なかなか気がついてもらえなかった。緑色の丸テーブルを前に、豆子はしばしぼんやりした。やっと来てくれた給仕に、メニューを指さしながら、

「白ワインをグラスで。それから、ニース風サラダを、お願いします」

と伝える。りりしい顔立ちをした若い給仕は、にこりともせず、冷たい、しかしプライドのある態度で注文を聞き、

「かしこまりました」

と頷いて去っていく。

結婚式が目前にせまり、時間にも金銭にも全く余裕がなくなっている。しかし、オペラというものは大分前から予約を開始するもので、豆子は結婚式が決まっていなかった一年近く前に、インターネットでひとり分のチケットを購入してしまっていた。それに、婚約期間に優雅に独り身を謳歌するのは子どもの頃からなんとなく憧れていたことでもあるから、悪いことではないとも思う。それより何より、結婚式の出費が嵩《かさ》むことがあまりにも楽しくなく、仕事で給料をもらうことの喜びが薄れてきた今、金を稼いで消費する楽しさを思い出したかった。

だから、ひとりで観劇に来た。結婚したあとに、いつか鯛造と一緒に二人で観劇してみたいなあ、という気持ちがないこともないが、もしするとしても、一度きりになるのではないか。鯛造はオペラに興味を持ってくれそうにないからだ。「わあ、観たい」と言ってくれたり、終わったあとに、「面白かった」あるいは、「オペラというものを観れて良かった」と言ってくれるのなら、一度目の金は豆子が払ってもいいのにだ。というか、払わせていただきたい、と思う。だが、興味を持ってもらえないのに何度も高額チケットをおごると、辛くなってくる。「自分の楽しみに付き合ってもらう」という目的のみで、チケット代を払うというのは、豆子程度の経済力だと難しい。ポップミュージックのライブや小劇場系の演劇だったら、その目的のみでもできそうな気がするが、オペラの代金になると、豆子の金銭感覚では、「理解を得られない」というところがネックになる。

こういうことを思うということは、おそらくいつも、観劇するときの豆子は、そのチケット代がいくらであったかを自分で意識しているのだろう。もちろん、コンサートや書籍などの文化に対して金を使うとき、自分が受け取る感動と釣り合う分だけを払いたいと思っているわけではない。コンサートなら会場や出演者などのコストで、本だったら紙代などで値段が決まるのは当たり前で、受け手がどのくらいの感動を受け取ったかを価格設定に反映しようなどと考えたら、その業界は滅茶苦茶になってしまう。

ときどき、つまらない映画を観たあとに「金を返せ」とつぶやく人がいるが、豆子はそんなことを思ったことはなかった。コストをかけて製作されたものを享受したのだし、そもそもそれを観ようと決めたのは自分なのだし。それに、楽しめなかった責任は自分にもある。文化を楽しむには、こちらのコンディションや参加して理解しようとする意志やその文化の周辺に関する知識も必要だ。なんにも用意せずに、「さあ、楽しませてくれ」というのは間違っていると豆子は思う。だから、たいした感動を得られなくてもモンクは言わない。博打《ばくち》と同じで、「これに、二万!」と思っており札をぽんとテーブルに置いたら、あとはもう、失敗作だったとしても、「うわあ」と頭を抱えるだけだ。テーブルに置いた時点で、その金はすでに自分のものではなく、自分の手の内にあるのはカードだけなのだ。そのカードでどう遊ぶかは自分次第。豆子にとっては、オペラもそんなカードゲームのひとつだ。

地味な豆子がオペラだなんて、と姉妹たちから笑われるが、これは本当に豆子の趣味なのだった。二十代の後半に一週間だけ、ニューヨークへ短期留学というものをしたことがある。一週間の語学留学に意味などあるわけがない。いかにもアラサー女子の無駄遣いだが、会社の夏休みを利用し、「自分の世界を広げたい」とありがちなことを考えて出かけた。そのときに泊まった安ホテルがリンカーンセンターのすぐ裏にあったものだから、着いて早々ふらりと寄って、その場でチケットを買い、まったく知識のないままオペラというものを初めて観た。それは『ファウストの劫罰《ごうばつ》』というタイトルで、オペラの作品としてはそこまで有名なものではないようだったが、有名な小説が元になっているので筋が追える。完璧に計算されたライティングや、サーカスのように豪華なセットを利用したアクロバティックなダンスは、豆子が普段よく観ている小劇場系の演劇とは全く違う珍しいもので、ものすごく新鮮で、すぐに魅了されてしまい、三日後にもまた、授業が終わったあとにやってきて、今度は『スペードの女王』というものを観た。すると、小澤征爾《おざわせいじ》が振っていて、こちらも素晴らしかった。

おそらく、この二作は、適当に選んだわりに当たりだったのだろう。その後、日本に帰ってきてからも数回オペラを観たのだが、あのときの感動ほどのものを味わえたことはなかった。「いつかまた、あのときほどの、胸の高まりを」と思ってチケットを購入するのだが、裏切られる。日本の舞台は広さがないせいか、大がかりなセットを作ることができないみたいだ。もしかしたら、もう二度とあのような気持ちは起こらないのかもなあ、と半ば諦めかけてきた。

それに、日本での公演チケットは驚くほど値段が高く、豆子くらいの経済力では、年に一度か二度、自分へのご褒美《ほうび》として観るのがせいいっぱいだ。オペラが趣味というのは、年上の人に言えば気取っているように捉えられてけむたがられるかもしれないが、同世代の人からはむしろセンスが悪いという理由で嫌われる。リーズナブルに自分独自の面白いものを見つけていく人の方が、尊敬される世代なのだ。

たとえば、オペラ好きを大山に話したとき、

「オレもオペラ観たことあるけど、あまりにつまらなくて、途中で帰った」

と大山は肩をすくめた。

「え、だって、オペラって、二万円とか、下手すると五万円とか、かかるでしょ？」

もったいない、と豆子が驚愕《きようがく》すると、

「金の無駄より、時間の無駄の方が気になっちゃってさ」

二度とオペラは観ない、と言う。かっこいいな、と思った。

そういうわけで、豆子の知り合いには、オペラ好きはもちろん、観ることを肯定する人さえいない。

だが、豆子はこれからもオペラは観にいく。

誰からも賛同されなくていい。ひとりでこっそりと出かけ、誰に感想を言うわけでもなく、自分の心にとどめておく。今日は、ユナイテッドアローズの緑色のサテンのワンピースの上に、ドゥーズィエム　クラスの黒いジャケットを羽織った。ジャケットを着たときに、なんとも堅苦しくなり、女性らしさが激減したのだが、家の姿見に映して、自分はなんてジャケットが似合うのだろう、と惚《ほ》れ惚《ぼ》れした。

母親と電話で結婚式における服装について話した際、売り言葉に買い言葉のような勢いで、「私はドレスは着ない。スーツを着る」とタンカを切ったが、本当に、ドレスよりもスーツの方が、豆子には似合う。腕を長く見せるために袖《そで》をまくり、十一センチのヒールの靴を合わせると、ぐっと格好良くなった。最後に、豆子は本棚からシャネルの五番の小瓶《こびん》を取り出し、手首にふきかけ、それを耳の下に擦《こす》り付《つ》けた。

正直なところ、この香水が自分に似合っていると豆子が感じたことは一度もなかった。しかし、だからこそ知人と会うときには付けず、不似合いな場所へひとりで出かけるときに付けるのだ。仕事の場ではもちろん、デートでも、学生時代の仲間との飲み会でも、姉妹たちとの食事でさえ嫌だ。もしも、「豆子ちゃん、今日はいい匂いだね」と言われたら、真っ赤になってしまうだろう。この小瓶は、本棚に入れて七、八年になるが、中身は一向に減らない。

買ったのは、働き始めて三、四年目の、ボーナスが出たときだった。「私も香水というものをひと瓶くらい手に入れたい」と考えたのがきっかけだ。豆子は匂いに敏感で、人が香水を付けているとすぐにわかるのだが、自分はそれまで付けたことがなかった。演劇を観にいったときに隣りの人が強い香水を付けていると気持ちが乱れて舞台に集中できず、「嫌だな」と思ったり、混雑した電車の中でいろいろな香水の匂いが混じっていると、「汗臭い人の方がまだいいな」と感じたりということはあったが、姉妹や友人から香りがするのは大概好ましく感じられたし、化粧品売り場で試してみるときには「いい香りだな」と思ったたし、香水が嫌いだったわけではない。

ただ、装うことにあまり喜びを感じずに生きてきたものだから、小説や映画によく出てくる小道具としか捉えておらず、自分に関係するものと考えていなかったのだ。それでも、二十代も中頃になり、少しは貯金ができてきて、香水のひと瓶も持っていないというのは、なんだか大人の社会にある大事なことを知らないまま過ごしているような、そんな気がしてきた。

デパートの中にあるシャネルの化粧品売り場に出かけ、試しもせずに、

「これをください」

と五番を指さした。

「お母様へのプレゼントですか?」

店員から聞かれ、そうか、これは年配の女性に人気の香水なのか、と豆子は初めて知った。

「いえ、あのう、自分で使いたいんです……」

分不相応だろうか。顔を赤くしながら、豆子は答えた。

「そうなんですね。No.5は伝統のあるパフュームですから、一度は付けてみたい、って若い方でも思いますよね」

そして店員は、紙に香水を染み込ませて匂いを嗅がせてくれた。多くの人が抱く

「いわゆる香水」の香りが広がる。いい匂いだが、豆子のキャラクターからはほど遠い。それでも、やっぱりいらないです、とは今更言い難いし、もっとカジュアルな香りを選ぶ気力もないし、それに……、たとえ使えないとしても、この香りの入った小瓶を部屋の中に隠しておくというのは夢のあることではないか。

購入した小瓶を、豆子は本棚に仕舞った。本棚の隣りに姿見とミニドレッサーがあるので、他にもクリームや化粧水など、本棚に化粧品がはみだしているのだ。その後、いくつか別の香水を購入して、それらはたまに付けるようになったのだが、五番だけは購入前の予想通りほぼ使わず、オペラ観劇など、場違いなところへひとりで出かけるときだけ、そっと付ける。そして、それは年に一度か二度なのだった。

カフェの丸テーブルで、鞄《かばん》から文庫本を取り出して読もうとすると、手首からその五番の匂いが立ち上《のぼ》った。優雅な気分になるが、「やっぱり自分らしくないな」と豆子は小さく笑う。白ワインを飲みながら、小説のページを捲《めく》り、しばらく過ごした。ふと、気がつくと、二十分ほど経っていて、あれ、サラダが遅いな、と考える。給仕に尋ねてみようか、と思ったが、面倒くさく、「でも、すぐに来るかもしれないし」と再びページに戻る。すると、さらに二十分がたちまち経ち、開演時間が迫ってしまった。

豆子が手を挙げて、

「すみません、ニース風サラダを注文しましたが、もしまだ作っていらっしゃらないようでしたら、キャンセルさせていただいてもいいですか？　時間がなくなってしまいまして……」

そう言って腕時計を見る仕草をすると、給仕はハッとしたように姿勢を正し、顔色を変え、

「ただいま、確認してまいります」

と厨房へ向かった。そこで、あ、これはオーダーを奥に通すのを忘れていたな、と察した。しばらくすると戻ってきて、

「申し訳ございません。時間がかかってしまうので、もしおいそぎでしたら、サラダの料金はいただきませんので……」

給仕は言った。

「いえ、大丈夫です。払います」

料理があまりにも遅かったら自分から声をかけるのが通常なのに、放置した責任があある。それに、豆子としては、そもそも自分のための散財が目的で出てきた日なのだから、ケチるのは気分が悪い。店側としては、なかったことにしてくれた方が楽だ、

という思いがあるのかもしれないが……。

「そうですか……。お会計はあちらでお願いします」

豆子はレジに移動し、伝票を渡して、サラダの分も含めて会計を済ませた。

去ろうとすると、手の中にばらばらとチョコレートを入れられた。なぜこんなものを、たくさん持たされたのだろう。

「え？」

豆子が戸惑うと、

「どうぞ」

給仕はにっこりして、頭を下げた。

「はあ、……ありがとうございます」

豆子はよくわからないままにニヤニヤしてその場を去り、エスカレーターに乗った。

手を開くと、個包装された三センチ四方ほどの小さな板チョコが、十枚ほどある。どうやら、レジ脇《わき》においてある、オマケで客に渡す用の菓子を、まとめて渡してきたようだ。

謝罪の意味だろうか。あるいは、今後も店にクレームを入れないでくれという口止め料か。つい深読みしてしまう。不愉快な気持ちがエスカレーターの上昇と共に上がってくる。ここは、たかがチョコレートなのだから、ラッキー、甘い物食べたかったし、と口に入れるのが、大人のやり方でもあるし、女性として可愛らしい仕草にもなるだろう。上手く生活することや周りと上手くやることを主眼として人生を歩む女性だったら、そうするのがベストだろう、と思う。でも、「ついニヤニヤして受け取ってしまった。そんな自分が、大嫌い」と思うのが豆子なのだ。渡されたときに、「いえ、いりません」と突っ返せば良かった、と悔やんで唇を嚙む。

あの給仕は、相手の客がトム フォードのスーツを着た働き盛りの男だったとしても、手の中にばらばらとチョコレートを摑ませただろうか。あるいは美人な奥様風の女だったとしたら……もしも口髭《くちひげ》をたくわえた老人だったら……。きっと、チョコレートなんて渡さなかったはずだ。黙って頭を下げるだけだったに違いない。

鞄からチケットを取り出し、ホールへ入場しながら、「タダでもらえるものならなんでも喜ぶような経済力の人間だと思われたんだ」と少々自意識過剰ぎみに、豆子は思った。チョコレートで機嫌が直るような軽い人間だと見られたことが、豆子にとってはとても悔しい。あの給仕は、豆子が見る限りでは二十代後半で、おそらく豆子よりも五、六歳は年下だ。そういう若い人からチョコレートを十枚もばらばらともらって、どうして喜ばなければならないのか。屈辱だ。だが、たとえば星に、もしも豆子がこの話をしたら、「嬉しいと思って、食べるか。嫌なんだったら捨ててしまうか。どっちかに決めて、さっさと忘れればいいじゃない。細かいことを考えてうじうじするのは時間の無駄。豆子ちゃんは本当に面倒くさい。鷹揚に構えられない人は、結婚しても共同生活が上手くいかなくなるわよ」などと言って怒るだろう。でも、でも……、豆子はとにかく悔しい。鞄の中にチョコレートを入れながら、「屈辱だ」と考えるのを止めることができない。捨てればいいのかもしれないが、「食べ物だから」と躊躇してしまう。格好悪く、踏ん切り悪く、こういうのも豆子らしさなのだ。

会場は暗転し、音楽が始まった。豆子はすぐには集中できず、まだ先ほどの考え事が頭に引っかかっている。

一般的に見て、さっきの給仕の取った行動は、それ程悪くはない。ああいう場合の対処として最善だとは言えないが、とっさに客に対してしたこととして、べつに大きく間違ってはいないだろう。だが、豆子のような客は、屈辱だ、と捉えてしまう。変な感覚を持つ豆子の方が悪い、と指摘する人もいるに違いない。どうでもいいことをぐちぐち考えずに、にっこりして流せばいいじゃないか、その方がキュートよ、と。だが、たとえばひとかどの紳士が、「店員にチョコレートを十枚手に摑まされ、謝罪を受け取らせられた」と嘆くのに際しても、同じように、「あなたが悪い。にっこりして流した方がキュートなのに」と言いますか？　と豆子はまた憤る。豆子は立派な社会人であるのに、相手から紳士と同じように接してもらう機会が少ない。そうだ、私には紳士として社会から扱われたい、という欲望があるのだ、と豆子は気がついた。

そこまで考えたところで、舞台の上のソプラノ歌手が、静かに歌い始めた。

「ねえ、こういうのは、どう？」

花がテーブルに包装紙を広げて裏返し、そこに女の子の絵のようなものを描き始めた。

「どうって……。絵、上手いね」

そのペンの動きを、豆子は目で追った。

結婚式で豆子の着る服が決まっていない、ということを母親から聞いたらしい長女の花が、十一月中旬の日曜日に吉祥寺の喫茶店へ、突然やってきた。電話で呼び出された豆子が、しぶしぶ地下にあるその店に降りていき、注文を済ませると、花は「私に任せな」と言って、買ったばかりだという靴下を出し、それを包んでいた紙を開いて、ペンを持ったのだ。

「ありがとう。……って、そうじゃなくてさ、ドレスよ。こういうシンプルなので良かったら、私が超特急で縫ってあげる」

女の子の体の上に、ノースリーブでAラインのロングワンピースを描く。

「二の腕は隠したいのよ」

ありがたく思いながらも、豆子はぶすくれて見せた。今日の豆子は、昨夜、濡れたまま寝てしまったせいでぼさぼさになった頭を編み込みで隠し、緑のパーカに、ジーンズのスカートという、くだけた出で立ちだ。花は、いつもの通りに美しく巻かれた髪を、セリーヌの薄いグレーのワンピースに垂らしている。そのセリーヌは今季のものではなく、おそらく五、六年前のものだ。花は、離婚以来あまり経済力がなくなってきたというのもあるが、もともと最先端を追わない人だった。それでも、おしゃれに見える。

子どもの頃に、デザイナーになりたいという夢を持っていて、それは思春期になる頃には現実的なショップ店員に変わり、実際にアルバイトとしてカジュアルなメンズ服の店で働き、大学を出て現実に勤めたのは商社の営業事務で、しかし結婚して相手の転勤に合わせて会社を辞め、離婚後は派遣社員になっている。高校生の頃から趣味で洋裁を始め、妹たちの手提げやら、スカートやらを、たまに作ってくれることがあったので、確かにシンプルなものだったら、書店を回って型紙を手に入れ、ユザワヤかどこかで生地を買えば、姉の手によってドレスができ上がるのではないかと思えた。

とはいえ、式まで一ヵ月もないのにドレスを作るというのは、相当な覚悟で言ってくれていることに違いない。

「あのね、太いところは、隠すより、ばんと出した方がむしろチャーミングに見えてくるのよ」

もっともなことを、花は言う。

「だって、こんなんだと、腕が気になって、挨拶もできない」

豆子は甘える気持ちも湧いてきて、なかなか姉に感謝の言葉を出せず、だって、だって、と言ってしまう。

「あんた、挨拶するの？」

目を丸くして花は聞く。

「するのよ、ウェルカムスピーチと、新郎紹介と、謝辞」

豆子は指を三本折りながら答えた。

「それって、普通は旦那がするでしょ？　私のときは、なんにも喋らなかったよ。声を発したのは、式のときの『はい』のみ」

「『誓いますか』の返事ね」

「そう。披露宴のウェルカムスピーチと新郎新婦紹介は司会の人がやってくれたし……。謝辞は旦那がやって、私は隣りで一緒にお辞儀《じぎ》しただけだったわ」

そこに飲み物が運ばれてきたので、花はコーヒー、豆子は紅茶を受け取った。

「そうだったよね。まあ、私が行った他の結婚式でも、新婦は大体そうしてた。でも私は、『普通』じゃないの。べつに、いいでしょ？　私は、『変わり種』なの」

カップの縁に口をつけ、熱さにびくりとしてすぐに離して、豆子は言った。

「そうだ、あれは？　花束贈呈とか、両親への手紙とかは？　それは私も割愛したけど、最近の結婚式では定番だよね。そこで泣かせて、パーティーのストーリーを作る、と。ゲストからしたら、見所になるから、やって欲しいよね」

コーヒーの香りを楽しみながら、花が勧める。

「もちろん、私も割愛だよ。泣かすようなのは絶対嫌だもの」

「でも、客は泣きたいんだろうな。私も、自分の式で自分がやるのは嫌だったけど、友だちの結婚式に行ったときに、感動で泣いてしまうと、『ああ、すごくいい式だな。参列できて、私も幸せだな』って思えて、嬉しかった。カタルシスがあるし、なんだか自分がいい人になれたような気分にもなるし」

「なるほどねえ。でも、そもそも私たちは、今回の式では、会社や友人たちにお礼を伝えたい、というのを主題としているわけよ。十年もひとり暮らしして、お互い社会人として出会って、親からの自立の儀式と結婚式を一緒にするような年では、とっくになくなっているでしょう？　だから、たとえ親に感謝したいとしても、それは皆の前ではやらず、また別の会を設けたいの。ゲストへのサービスは、ストーリーでなく、料理と引き出物をかなり奮発したから、それで十分だと思ってもらえないかなあ。オーソドックスなカタログギフトに、シンプルなマグカップのセットに、パウンドケーキよ」

「ただ、その料理と引き出物の代金を豆子の稼ぎから出していると想像するゲストは皆無だろうね。普通はそうじゃないもの。たとえ伝わっても、喜ばれないだろうね。新婦のサービスは、美しく着飾るのと、にっこり笑顔でいるのと、両親と仲が良いところを見せること。人間関係力のみ。それ以外の新婦の力は、ゲストとしては見たくないし、垣間《かいま》見えると、どん引きなんじゃない？」

「やだね」

「確かに、新婦の『家』が経済力があったりすると、昔は『逆玉』みたいな言葉があって、喜ばれることもあったみたいだけど。新婦の『家』とか、もとからある『貯金』ではなくて、これからの『稼ぎ』による経済力っていうのは、世間的に魅力と捉えられることがあまりないかもしれないわね。不景気の時代になったとはいえ、『稼ぐ夫を支えます』じゃなくて、『私が主に稼ぎます。』って堂々と言うのは、完全にマイナスイメージでしょ。今の時代、奥さんの方が稼ぎが良いカップルはざらにいると思うけど、表立ってはそれを言わないで、旦那を立てるじゃない？　稼ぎが良いのも、気遣いが苦手なのも隠せばいいよ」

花はメニューの貼られた木の板をいじりながら言う。

「うう、それってきついなあ。だって、男の人だったら、『オレが主に稼ぎます。でも、にこにこしたり、気遣いしたりは、あまり得意ではありません』は、逆に格好いいイメージだよね？　なんで、属性が女ってだけで、それがマイナスイメージに変わっちゃうんだろう。大学で勉強したのも、これから頑張って昇進して経済力を上げていくっていうのも、皆はむしろマイナスって捉えるってことだよね？　にこにこしたり、優しそうに見せたりっていうのができなかったら、他のところでどれだけ頑張っても、あっという間にアウトな新婦になるわけだね」

豆子は頭を抱えた。

「いや、『学問に取り組んだ』とか、『仕事が好きな、真面目な努力家』とか、っていうのは魅力になるから、上手い具合にアピールしたら？　言い方次第でしょう？」

花は店内の壁を眺める。この喫茶店は洞窟《どうくつ》のような造りで、曲線を描く灰色のざらざらした壁が連なっている。

「うーん。納得いかないなあ。それって、『いわゆるお嬢さんの趣味』を求める世間への迎合じゃない。『仕事に活かしたいわけじゃなく、フランス文学に興味があったので留学経験があります』とか、『家のことをやる働き者の嫁になります。鯛造さんを支えます』とかっていうアピールと一緒じゃない。そうではなくて、『大黒柱になります。鯛造さんを食いっぱぐれさせません』というのを、私の魅力にしたいの」

豆子が言うと、

「自分の魅力を自分で決められるわけがないでしょ。他人が決めるのよ」

花は、びしりと指摘した。

「う……」

あまりに正論だったので、ぐっと豆子は詰まった。

「諦めなさい。そして、自分が変わりなさい」

花は低い声で言った。

「でも、でも、社会がおかしいと思う。私の長所や短所を性別によって決める世の中が変だって感じる。自分が変わるんじゃなくて、社会を変えたい」

豆子は反駁した。

「はい、はい。……それで、どうする？　ドレス、着る？　私、この前までの派遣先の契約がちょうど終わって、次のところまでに少し間があって休みができたから、やろうと思えば、本当にできるわよ。そりゃあ、お店のドレスのようなのはできないと思うけど……。ま、可愛い妹のためと思えばひと晩か二晩なら徹夜してもいい」

花は話を戻し、コーヒーをひと口飲んでから、豆子をじっと見た。

「あのう、スーツを着たいな、という案があるんだけども……」

ソーサーに触りながら、豆子はおずおずと言った。

「やめな。スーツを着たら、スタッフと間違われるわよ」

「間違われたっていいじゃんか。新婦と思われないことのデメリットなんてある？というか、招待客は私のこと知ってるんだから、どうせわかるわよ」

「鯛造くんのご親族や友人たちで、豆子ちゃんのことをよく知らない人もいるでしょう？」

「あ、そうか」

「それにね、いくら豆子ちゃんが、『自分で式を作った』って思っていても、『鯛造くんのご両親が式を出している』っていうイメージで捉えるゲストもいると思うよ。そりゃあ、豆子ちゃんの友だちの内の数人は理解してくれるかもしれない。でも、ほとんどの人が、そうは思わないんだよ。それは、いくら説明しても、いくら豆子ちゃんが挨拶しても、きっと伝わらない。だって、世間の中で『結婚式』っていうイメージは、型通りのものが強固にあるもの。それに、多くのゲストは、自分自身がどう見られるかが一番になっているのよ。私だって、友人の結婚式に参列するときは、もちろん友人のお祝いをしたくて行くわけだけど、一番気になるのは、『自分が失礼なことをしてしまわないだろうか』ってことよ。『結婚式って殺生《せっしょう》を連想させるファーを着ちゃ駄目なのよね。新婦と被《かぶ》る白い服は駄目なのよね。自分が知らずにマナー違反の服を着ちゃったら怖すぎる』とか、『友人のご両親に会ったら、友人を立てることを言ってあげないと、私が失礼な人に思われちゃうわよね』とか、そんなことばっかり考えて頭ぱんぱんで、友人の本心とか、その式の『一般的な結婚式』とは違う繊細な概念までは、読み取れないもの。だから、たとえ鯛造くんのご両親が豆子ちゃんのことを理解していて、自由にやらせてくれるのだとしても、もしも変わった結婚式に仕上がったら、ご親戚や友人たちから、『鯛造くんのご両親は変わっているなあ』って思われてしまう可能性があるのよ」

「そんなこと、ないと思うけど……。だって、鯛造さんのご両親ってすごくさばけてたよ。周りの方々も、そういう方ばかりじゃないかなぁ。そんな旧弊なこと言う人、いないと思う」

「いいや。いろんなゲストを想定しなくちゃ。ぐっと堪えて、サービスだと思って、白い服を着てごらん」

　花は言い切った。

「そうか……。うん、そうしたら、お願いしたい」

　豆子は、頼むことにした。

「よし。髪の毛はどうする？」

「ええと、ダウンスタイルで……」

「やめな、アップにしな。おでこも出しな」

「そう？」

「写真を撮ったらわかる。壁を背景に写真を撮ると、変な影ができるダウンスタイルよりも、アップスタイルの方が絶対きれいになる。小顔にも見える。前髪があると、手でいじって自信なさげになるから、前髪も思い切って上げてしまった方がいい」

「うーん」

「任せて」

花は、女の子の絵に髪型も付けた。表情も付けるとなかなか可愛くて、豆子は「あれ、花ちゃんはイラストレーターの夢も持っていたことがあったんだっけ？」と思った。


そして、豆子は、式までの半月、睡眠時間は毎日二時間ほどで会社へ行き、帰宅後は、進行表の書き直し、司会者さんの原稿の改稿、引き出物をひとつひとつ業者へ依頼、席次、席札の裏に書く招待客ひとりひとりへの手紙、紙物をすべて手書きで文字とイラストを描きそれを印刷、お手伝いしてくれる人へのメール、前日が誕生日の友人へのサプライズの準備、二次会の準備、二次会のゲームの準備、と次々とやるべきことをこなしていった。しかし、どれだけやっても終わるような感覚が湧いてこず、心配でたまらない日々だった。鯛造に頼むと、ミスのあまりの多さに、あとで確認する方がむしろ大変になるので、ほとんど豆子がひとりでやった。

式の前々日に、花はドレスを仕上げてくれた。それは、豆子が想像していた以上に、格好良く仕上がっていた。ひらひらしたり、スカートが膨《ふく》らんでいたりは全くしていなくて、体のラインに沿ってすとんと落ちるワンピースなのだが、ほんの少しだけ床に裾《すそ》を引く長さで、その裾の端にだけ薄いレースを付けてあるというのが、しゃれていた。布地もレースも花が買ってくれて、「代金を払いたい。もちろん、お礼も渡したい」と豆子が言っても、頑として受け取ってくれなかった。

それでも、豆子からすると、やっぱり似合わなかった。それを受け取った夜、豆子は自宅で、自分の持っている黒のジャケットをそのドレスの上に羽織ってみた。すると、似合うようになった。

「ちょっと、鯛造、見て」

豆子は、準備のために泊まりに来ていた鯛造を呼んだ。

「いいじゃない、それで、結婚式をしよう」

「うん」

「蝶《ちょう》ネクタイも結ぶといい」

そう言って鯛造は、自分用の蝶ネクタイを豆子に付けてくれた。ものすごくぴったりだった。

「これだ！」

豆子は叫んだ。鯛造の服は、半年前に青山《あおやま》のおしゃれな店で、豆子が十万円ぽんと出して、レンタルの手配済みだ。蝶ネクタイやカフスも豆子が買ってあげた。計画の最初の頃は、「鯛造の良さを皆に伝えること」もメインテーマにあったので、鯛造の準備は完璧なのだ。スピーチも鯛造の店の人や友人に依頼したし、豆子も鯛造の良さを新郎紹介でしっかり伝えるつもりだ。学歴や収入などの「いわゆるスペック」では鯛造の良さは伝わらない。人柄と雰囲気をがっちり出そう、と豆子はたくらんでいた。しかし、そうすると実は豆子の方には問題だった。「いわゆるスペック」を削ると、人柄や雰囲気に魅力のない豆子は、良いところがなくなってしまう、ということに直前になって気がついた。豆子は人柄や雰囲気は悪いが、学歴や収入はまあまあ良いのだ。

だが、当日は多くの人の反対に遭い、特に母親に「恥だ」となじられ、結局、自分の意志を貫くことができず、式のときは髪をアップにして、ベールを被り、袖無しのワンピースで行うことになった。ホテルから借りたふわふわしたボレロを羽織って、式からの見送りをしたところ、来場者から一番褒められたのが、「ボレロが可愛い」だったことに、豆子はがっくりきた。

唯一楽しかったのは、「重いから、ドレスでは肩が痛い」という理由でジャケットを着ることができた、ビールサーバーを背負って、ゲストにビールを注いでいく作業だった。そのときに蝶ネクタイをしめることができたのも、満足だった。

ただ、その他のことはすべて、ひたすら辛かった。豆子は挨拶を暗記した通りにはきはきと喋ることができたが、鯛造は暗記したものを本番で忘れてしまった。そのため、新婦紹介がカットされ、また豆子には内緒という体《てい》で用意されていた新郎から新婦への手紙もなくなり、豆子のことは、学歴も仕事も、新郎側のゲストたちには謎《なぞ》のままになってしまった。

新郎側のゲストたちに伝わったのは、豆子の容姿が悪いこと、笑顔が少ないことだ。そして、最後にものすごく怒ったことで、「怖い人」という強烈な印象だけが残った。

なぜ怒ったのか、それは、学生時代の友人のひとりが、豆子を揶揄《やゆ》するような発言をしたからだった。

司会者からマイクをうばった学生時代のサークル仲間であった室田《むろた》という男が、豆子が酒を飲んでゲロを吐いたという話、豆子にノートを貸して自分が留年したという話、などを延々と始めた。室田というのは、特に豆子と親しいわけではなかった。サークル仲間のひとりだったので、他のサークル仲間を呼びたかった豆子としては、室田だけを外《はず》すのが悪いと思ったのと、よく女友だちだけ呼んで男友だちは呼ばない、というスタイルの式を見るが、豆子は性別で友人を区別したくないという気持ちを持っており、そう話すと鯛造も、そうだ、と頷いてくれ、鯛造も女友だちを呼ぼうということになり、それで招待することになった。室田は学生時代から酒癖が悪く、アグレッシブな人間だった。それでも、三十歳を越えてまで、アグレッシブさを保ち続けているとは豆子は思っていなかった。だが、テレビ局でお笑い番組の製作をしている室田は、昔以上に、アグレッシブになっていたのだ。笑いさえ取れれば何を言ってもいいらしい。しかし、会場はシーンと静まりかえり、笑いはまったく起きなかった。そのせいで余計に焦るのか、室田はさらに話を続けようとした。

その話の途中で、

「ちょっと、マイクを貸してください」

と豆子は立ち上がった。涙が目の縁まで上がってきたが、しかし、ぐっと堪え、引っ込ませた。本当は、むしろ泣けば良かったのかもしれなかった。そうすれば同情が得られたはずだ。しかし、悔しかった。豆子は、泣いて済ませたくなかった。泣くのを我慢したことで、豆子は「怒っている顔」になったようだった。

「なぜそんな話をした？」

ホテルスタッフが持ってきてくれたマイクを手に、豆子は叫んだ。

「でも、本当のことだろう？」

「私が皆から嫌われるのが面白いのか？」

「いや、パーティーを盛り上げてあげようとしたんだよ。盛り上げてもらいたいんでしょ？」

「あと、お前が留年した話は関係ないだろう。私は留年など一切していないし、大学では単位は完璧に取れていて、危なかったこともない。なぜそんな話をするんだ。まるで私に関係がない話なのに、そんな話をされたら、私が不真面目な学生だったかのように、鯛造さんのお店の人やご親戚にはもちろん、私の会社の人にも親戚にも思われるだろう。そんなに笑いが欲しいのか？」

「いや、すごくカジュアルな式で、自由なことを言っていいのかな、と思ったから」

「カジュアルになんてしたつもりはない。『普通』に流されるのをやめて、『自分たちの頭で考えたこと』をしただけだ。大人だから『親と一緒にゲストを接待する』をやめて、『夫婦だけで接待する』に変えただけだ。このホテルは格式あるところだし、会場は一番いい会場、料理も一番いい料理、どのあたりがカジュアルなんだ。あまりにも悲しい。皆から仲良くしてもらいたくて、貯金をはたいて頑張ったのに、逆に皆から嫌われて、大失敗だ」

豆子は、九十三人のゲストの前で、言い放った。

すると、

「泣く新婦はよくいるけれど、怒る新婦は初めてみた」

「仕事のできる頭のいい奥さんだとは聞いていたけど、やっぱり『怖い女』なんだね」

「どっちがお金を出したかなんて、関係がないのに」

「いそがしい中、皆が集まってあげたのに主催者が失敗だなどと言うとは」

という声があちらこちらから聞こえてきた。

しばらくすると、大山と、加山というもうひとりの同級生が、連れ立ってやってきて、

「豆子さんは、普段はおっとりした人なんですよ。どうぞ、豆子さんをよろしく」

と鯛造に向かって言った。大山と加山はこづき合いながら目交《めま》ぜをしている。「なんか、やばい空気になったから、オレらでフォローした方がいいんじゃね？」などと言い合って、やってきてくれたのだろう。

「はい、わかっています」

と鯛造はにっこりした。そりゃあ、そうだよ、と豆子は心中で頷いた。大山と加山は大学入学以来の友人だから十五年の付き合いになり、鯛造とは仲良くなってからまだ二年ほどにすぎないわけだが、時間に関係なく、自分と結婚を決めた男の方が、友人に過ぎない男たちよりも自分のことをわかってくれているのは当たり前だ、と思った。しかし、そう思ったときに、何かが終わったような気がした。

パーティーが終了し、鯛造と二人で、ホテルの個室に戻った途端、泣けて泣けて、いくら泣いても涙のタンクが空にならなかった。人前で泣ければ、誰かが慰めてくれたのかもしれないが、他人がいると泣けないのが豆子だ。鯛造は壁に自分の頭を打ち付けて、

「僕のせいだ。結婚式の失敗は、全部僕のせいだ」

と言って、そのあとベッドに倒れてしまった。

「大丈夫？」

と聞くと、

「頭が痛い」

と言うので、豆子は鯛造を置いては行けず、友人が誘ってくれた三次会を断り、隣りに横になって、いつまでも泣き続けた。

翌朝、ホテルを出るときも、家に帰ってからも、次の晩も、その次の晩も、涙は止まらなかった。失敗の原因が全て豆子にあることは、豆子自身よくわかっていた。その、どの部分を直せば良かったのか、反省することを止めることができなかった。あの室田の話のとき、にこにこして聞き流せば良かった。それが「普通」の新婦のやることだ。あれくらいのこと、結婚式というぶっつけ本番の会ではよくあることだ。新郎の男友だちが新郎の失敗談を話して笑いを取ることはよくある。世間一般の女性性を放棄するつもりだったのなら、それぐらい覚悟すべきだった。しかし、豆子にはできなかった。いろいろ省みると、どこかで間違ったわけではない、と感じられてきた。そもそも、結婚式をやるべきではなかったのだ。そう、これはケアレスミスではない。豆子と鯛造という組み合わせが結婚式というものを行ったら、どうしてもこうなることだったのに違いない。

結婚式は大失敗だった。どこかで頑張れば良い式になったわけではなく、豆子と鯛造のようなカップルの場合は、式などやらないのが一番だったのだ。世間から理解されるわけがない。反省の結論は、「やらないことを選択すべきだった」の一点だ。ホテルに「やめるなら四十万円かかる」と言われても、キャンセル料を払ってやめれば良かった。四十万円払って結婚式をなかったことにできるのだったら、今となっては、ものすごく安いと感じる。今の気持ちとしては、三百万円払ってでも、参列してくれた人たちの頭の中にある結婚式の記憶を消したい。いや、一千万円でも、ローンを組んで消したい。

それからの一年間、豆子の頭には度々、「あのときでも、あのときでも、中止にできるチャンスはあったのに」という後悔が浮かんできた。寝ていてもハッと目が覚《さ》めて、「どうして結婚式をやろうと思ってしまったのだろう。もともと結婚式など似合わないキャラクターだという自覚はあったのに……」「普段からお客様を呼んでおもてなしなどしてこなかった人間が、急に大勢を呼んで会を開いたときに失礼のない振る舞いができるわけがない。そのことにもっと早く気がつけば良かった」「『自分たちらしい結婚式』をやれば皆わかってくれると、『世間一般の概念にある結婚とは少しずれた、自分たちの考える結婚』を結婚式で表現すれば理解してもらえると思ってしまった。その『世間に理解されたい欲』が自分を結婚式に走らせたのだ。実際、もしも結婚式をしていなかったら、今よりももっと陰口を言われていただろう」「鯛造の良さを自分サイドの人たちがわかってくれたのは式をやったからだとは思う」「だが、陰口がなんだというのだろう。世間なんて、もともと個人の考えを理解するシステムではないのだ。世の中に馴染めなくともいいではないか。自分たちの考えは、自分たちだけがわかっていれば良い。世間になど、もう二度と自分の考えを説明したくない。何も発表したくない」「少なくとも、ドレスは着なければ良かった。スーツを押し通せば良かったのに、『もしかしたら、人並みに後悔するかも』という欲が出てしまった。姉も母も悪くない。誰だって、ドレスは着た方がいいと勧めるに決まっている。しかし、すべての人間がドレスを着たがるわけではない。現に私は、冷静になれば、自分はドレスを着たいタイプではないということがよくわかる。成人式の着物だって、卒業式の袴だって、着なかったことを後悔したことは一度もなかったのだ。最後まで、自分の意志を貫けば良かった」「女性性が残っているとしても、『性別をできる限り意識したくない女性です』『女性らしくないアピールポイントもアピールしますし、マイナスポイントがあっても隠しません』というスタンスを通せば良かった」。もともと、カメラマンなどは一切頼んでいなかったのだが、友人たちが写真を現像してプレゼントしてくれた。ありがたいことではあるのだが、家に帰ってそれを見て、醜い自分の姿を再認識させられた豆子は、また後悔の涙にくれた。友人たちは、豆子をぶすとは思わないから、写真をくれたのだろう。だが、豆子のことをよく知らない、新郎側の人たちは、こういう顔のことは「ぶす」と認識するだろう。

こんなに地味に、大人しい人生を送ってきて、子ども時代はクラスの隅っこにいて、授業中に手も挙げられないくらいで、大学でも会社でも前に出るタイプではなく、縁の下の力持ちタイプという自負があったのに、結婚式で急に「気の強い、怖い女」になった自分が、あまりに情けなく、もう結婚式にゲストとして来てくれた人たちには、会いたくない、会っても結婚について話したくない、どうせ理解されない、という気持ちになっていった。

男友だちは意味がない、と豆子は考えるようになった。

結婚をしてみて一番実感したのは、経済力を共有するということが、人間関係にものすごく大きな変化を与えるということだった。金をかければかけるほど、鯛造への愛しさが増していく。それは、サン＝テグジュペリの『星の王子さま』で、王子さまがバラに手をかければかけるほど、バラが特別な花になっていくことに似ていた。

豆子はこれまで、男友だちというのを、自分とやんわりと繫《つな》がっている、貴重な存在だと思ってきた。豆子が男友だちと会うのが好きだった理由は、「世界を広げてくれる」からだった。

だが、結婚というものをしてみてから、金の行き来のない関係というのは脆弱だ、と感じるようになった。金で繫がる夫婦に比べて、経済的なコミュニケーションのない友だちは弱い。「世界を広げてくれる」などという、小さな理由で、男友だちと仲良くしたい気持ちがなくなってしまった。

大山はいつも優しかったのに、「男友だちは意味がない」という感覚が豆子に急に生まれ、大山から届くメールを豆子は一年間、無視したのだった。

4

券売機の前でしばし逡巡し、結局、「コロッケそば・うどん」のボタンを押す。三百四十円だ。食券をカウンターで出し、

「うどんでお願いします」

とお姉さんに頼む。

立ち食い蕎麦屋というものが、豆子は結構好きだ。新宿駅構内にある店に、残業帰りなどにひとりでたまに寄る。大抵の夕飯は自宅で、鯛造と一緒に作り、共に食べるのだが、お互いの仕事時間のずれがある日は、それぞれ外食で済ます。

豆子は、通常はうどんよりも蕎麦派なのだが、コロッケと共にするに当たっては、うどんに限る。それと、天ぷらやフライはしなしなになると大概まずくなるが、コロッケだけはふやけた方がおいしくなる。コロッケうどんというのは、栄養的には駄目な組み合わせだろうが、味的には完璧なカップルだ。

鯛造との関係は良好で、豆子は世間とだけ上手くいっていない。友人や会社の人た

ちとの距離が開いてしまった。

結婚式からのこの一年、豆子は黙々と会社へ通った。不思議なことに、「家族を増やした責任を果たすために、稼がなければ」「夫の老後まで面倒を見るのだから貯金をしよう」「いつか、家族で住めるような一戸建てを建てるんだ」「いずれは子どもにも恵まれるかもしれないのだから、教育費も視野に入れて貯めた方が良い」という、もっともな「働く理由」を結婚して見つけたというのに、かえって独身時代よりも仕事に対するやる気が失われた。決して会社を辞めたいとは思わないのだが、以前のような、「社会に参加したい」「社会人としての自分らしさを見つけたい」という野心がなくなり、ただ、「辛いけれど、出社しよう」「無難な人間関係を職場で築き、陰口を言われないようにして、自分の『席』を死守しよう」というようなことを考えて、机に向かうことが多くなっていた。

「そう考えると、これまでは金のために働いていたんじゃなかったんだなあ」

と豆子は考える。いや、今までだって、金を得ることに喜びを感じていたし、上手く金を使っているという自負もあった。ただ、金銭欲は物欲ではなく、社会欲に繋がっていた。

スープに唐辛子を追加しながら考えを進める。同世代の平均年収より収入が多いことが誇りだった。所得税や住民税などの税金を納付して、国や街が発展していくことに貢献し、社会人としての責務を果たしている嬉しさを味わった。服や食事を消費して、日本経済の活性化にひと役買っているとも考えていた。どの店を選んで、どの店は行くのを止めるか、頭を使うことも、「かしこい消費者」の仕事だと捉えていた。また、寄付や義援金のように、見返りを期待せずに金を使うことも社会人の務めだと思い、それについて考えを巡らすのも好きだった。

もちろん、貯めるのだって好きだった。独身時代の貯金の楽しさは、「いつか、ひとりで住むための一戸建てを建てよう」という夢に向かっていくところにあった。豆子は六百万円を貯めたのだ。でも急に結婚をすることを決め、それをパッと使った。

発言小町を参考にしてびびっていた豆子は、料理や引き出物にかなり金をかけて招待客の満足度を上げようとした。同世代の友人がメインの式だったため、御祝儀は多くはない。たくさんくれた方には後日再度お礼の品を送った。二次会の会費は最低限におさえ、当日の出席キャンセルが続出したときもすべて豆子が人数分の費用を払った。そして、四百万がとんだ。

豆子は、新婚旅行費用も、新生活費用も、全額負担し、鯛造には一銭も払わせなかった。互いの両親からの援助は拒んだし、お祝いも一切もらっていない。そして、両親へのプレゼントや食事代には随分と金を使った。残りの二百万もあっという間になくなった。

その結果、豆子が学んだのは、「金を払ったことを、自分が思って欲しいように他人に思ってもらうことはできない」ということだった。正直なところ豆子は、友人たちから、「甲斐性あるね」「えらいね」「責任感あるね」「太っ腹だね」という褒め言葉をもらうことを期待していた。だが、そういった科白は、ひとつも聞くことができなかった。結婚式で言われたのは、「ボレロ可愛いね」という、見た目に関するお世辞のみだ。

豆子が払ったという事実さえ、伝わっていないようだった。結婚をする前は、いちいち言わなくても、鯛造と豆子の組み合わせなのだから、どちらが出したかばればれだろう、と豆子は考えていたのだが、「結婚」というのがものすごく通りの良い言葉のせいか、どうやら世間では、どんなカップルでもいわゆる「夫役」「妻役」をやるはず、何歳同士の組み合わせでも親からのお祝いはもらうはず、という概念があるようだった。よくよく聞くと、豆子の友人たちは、自分たちで結婚の準備をしたと言っているカップルでも、「親からお祝い金として十万円をもらった」だとか、「親が新居にテレビを買ってくれた」だとかいう人が結構いた。確かに、親は子から、いくつになっても甘えてもらいたいはずだし、頼りにされたいだろうから、親を喜ばせるには、お祝いや援助を受け取った方が良いに違いない。豆子のように「お金はいりません」「自分に払わせてください」と言うことは親を悲しませることだ。悲しませてでも、自分で出したいという豆子の気持ちは世間では通りが良くなく、理解されない。人から嫌われる。黙っていてわかってもらえることではない。とはいえ、自分から、「私が払いました」「私は、こうこう、こういう、考えなのです」と大きな声で言うのは、とても変だ。

それに、たとえ出したことをわかってくれるところまで行けたとしても、現状の周りの反応から予測するに、「まあ、可哀相」「頼りない夫を選ぶと大変ねえ」という感想になるだろう。

もしも自分が男だったら……。ふやけたコロッケとのびたうどんを一緒に口へ運びながら、豆子は考える。現代日本では、男が結婚をするときに、「年貢を納める」「ケジメを付ける」「責任を果たす」という表現をすることがある。それが、豆子はうらやましかった。やっていることは同じなのに、性別のせいで、その言葉を使ってもらえない。親の援助をこばむことも、男だったら、「可愛げがない」より、「立派だ」と思われる確率が高いのではないか。男だったら、結婚して相手の面倒を見ることは

「えらい」と思われて、男ではないのに相手の面倒を見ると言うと「可哀相」と捉えられる。金を払っても、払っていないと思われる。あるいは、払いたくないのに払っていると思われる。

「どうして、世間に自分の考えが通じると思ったのだろう」

と豆子は省みる。豆子の結婚観は、どんなに説明しても、世の中には伝わらない。わかってもらえると信じていたなんて、ばかだ。

周りの人に理解してもらおうとすること自体が間違っていたのだ。周囲の人から「他の人が出したのだろう」と思われても構わない、ただ自己満足として自分が出したい、という思いで、金は払わなければならない。ましてや、「金を出したことを、周囲の人から褒めてもらいたい」と思うなんて傲慢過ぎる。

義援金を送ったときは、それを周囲の人から褒められなくてもすっきりできたのに、結婚式にまつわることではもやもやしたのは、「自分が男だったら、きっと周囲にわかってもらえたはず」と、つい考えてしまうのが理由かもしれなかった。誰が金を出そうと誰も気にしない事柄だったらまだわりきれるが、気にしてもらえる人と気にしてもらえない人が出るのは不公平だ、と思ってしまう。しかし、どんな世の中でも偏見はあるのだから、不公平な世間はおかしいと怒っても仕方がない。これをわかってもらうために性転換をするほどの勇気はないのだ。理解を求めるのを止めるのが一番だ。

それで豆子は、友人たちと連絡を取らなくなったし、職場や姉妹との食事会で、結婚について話すこともしなくなった。

あとは、鯛造との静かな暮らしを維持できればいいわけだが、そのためには金がいる。そして、それは豆子が稼ぐしかない。だから会社へ行く。

だが、そうすると、「ひとり住み用の家のために働こう」と思っていたときほどの燃える心が湧いてこないのだった。

もしも独身のままで一戸建てを建てたら、友人や姉妹や両親は、「まあ、豆子ちゃん、すごいわね。さすがね。頑張って、仕事していたものね」と言ってくれたかもしれない。「私たちの幸せとは違うものを求めたのね」と。

しかし、結婚後に家を建てたら、そんなことは言ってもらえないだろう。おそらく陰で、「もちろん、鯛造さんも出しているのよね」「誰かから援助があったんじゃないの」と囁かれるのではないだろうか。

それに、たとえ、豆子が全額出していると伝えても、「まあ、ひとりで負担しなきゃいけないなんて、可哀相」「鯛造さんに、もっとしっかりするように言ってあげないと」といった返しをされるのではないだろうか。

豆子はやっぱり、ひとり住み用の家を夢想していたときも、世間や姉妹たちからの称賛を期待する向きがあったのだ。社会にコミットするために、自分で稼いで、税金や義援金で社会に貢献し、自分で自分の家を建て、自分で自分の居場所を作りたかった。そうすれば、周りの人たちもきっと、「豆子ちゃんが社会にいて良かった」「豆子ちゃんはえらいね」「ここに、豆子ちゃんの椅子があるわ」と思ってくれる。そう考えていた。

それなのに、豆子はばかだった。少しの風向きの変化を必要以上に感じ取ってしまって、「婚活ブームだから」「少子化だから」と結婚に走り、初志貫徹しなかった。この先は、「ひとりでえらいわね」「税金を払ってえらいわね」「自分で家を建てるなんて、誰にも迷惑をかけないですごいわね」と言ってくれる人は、もう決して現れない。「だって、助けられているんでしょう?」あるいは、「え、助けられていないの?可哀相」の、どっちかしか言ってもらえないのだ。

食べ終わった食器をカウンターへ戻し、

「ごちそう様でした」

と引き戸を開けて出て、帰りの電車が来るホームへ向かおうとすると、

「あ、豆子ちゃん」

と声をかけられた。くるりと振り返ると、四女の星だった。

「星ちゃん、どうしたの？」

豆子は星をじっと見た。星は肩の上で揺れる髪にストレートアイロンをあてておしゃれに手を抜かない妹だが、ワンピースはポール　スミスの、ストンとしたシンプルなシルエットだった。世代のせいだろうか、長女の花のような華やかなラインではなく、あくまで引き算のファッションをしている。

「私は買い物してたの、豆子ちゃんは会社帰り？」

星は伊勢丹《いせたん》の袋を少しだけ持ち上げて見せた。豆子は五年間着ているコートのほつれた首元をいじりながら頷いた。髪の毛はひとつにくくり、朝に鏡もろくに見ずに十分で仕上げている化粧はすでにあらかた落ちている。

「うん」

「ねえ、立ち話もなんだから、今週末にでも二人でランチしない？」

「え？　二人で？　……土曜日なら空いてるけど」

豆子は首を傾《かし》げた。ランチはいつも四人でしていたから、二人で会うというのは抜け駆けのような気持ちになる。もちろん、四人姉妹の中の二人か三人だけで集まることは今までもあった。だが、自分がそれに参加せずにあとでその集まりを知ったとき、小さなジェラシーを覚えることがあった。だから、星と二人で会ったら、花や草子が嫌に思うのではないか、とそんなことを考えてしまった。

「じゃあ、土曜日。約束ね。時間と場所は、またメールし合おう」

星はさっさと決めて、じゃあね、と山手線のホームへ降りていった。立ち食い蕎麦屋を出るところから見られていたとしたら辛いなあ。豆子はそう思いながら中央線のホームへ向かった。

土曜日の昼、豆子が渋谷にある小さなカフェで待っていると、少しして星が紙袋をいくつか抱えて現れた。

「ごめんね、五分遅れた」

星はソファにポンと座り、手刀を作る。

「ううん、どうする？　シェアする？　定食にする？」

豆子は星の前にメニューを広げた。こういうときはいつも星が仕切るのだが、花がいないときぐらい姉らしく振る舞うべきであるような気もして、自分が先導しようかと思ったのだ。

「定食にしようか？」

星はそう言って、チキンソテープレートを指さす。豆子は豚しゃぶサラダプレートに決めた。ドリンクがセットだったので、星はアイスコーヒー、豆子はアイスティーを選ぶ。ひとり千百円。カフェ飯なので、いつもの食事会よりもお手頃な価格だ。

料理が運ばれてくる前に、

「先に、これを渡すわね」

星は三つの紙袋を、豆子に手渡した。

「え？　なんだろう？」

受け取って、豆子が紙袋の中をちらりと覗くと、見覚えのある布が見えた。

「私、最近趣味が変わっちゃって、もう着ない服なんだけど……。豆子ちゃん、着てくれない？」

と星が言った。

「悪いよ。それに、星ちゃん細いから、私には入らないんじゃないかな」

豆子は答えた。月に一度会っているが、星の服装が変わってきたとは思えない。

「趣味が変わった」というのは、豆子が遠慮しないで済むようにとの、配慮の言葉だと豆子は捉えた。紙袋には、七、八着の、ブラウスやスカートが入っているようだった。

「大丈夫よ。ワンピースもあるし」

「だけど、若い子向けのでしょ」

「そんなことない。豆子ちゃんに似合いそうなのを見繕《みつくろ》ってきたの」

「悪いよ」

「でも、豆子ちゃんが着てくれないなら、捨てるしかないし」

笑いながら星は言う。

「うーん」

豆子は思わず眉根にシワを寄せてしまった。星に悪気がまったくないのはよくわかる。にっこりして、「ありがとう」と受け取って、着ないなら着ないでタンスに仕舞《しま》って置けばよい。それが波風を立てない姉妹付き合いだろう。

しかし、星にとって捨てるしかない服を、豆子ならありがたがって着ると思われたなんて、と、つい、うがった捉え方をしてしまう。

飲み物が先に運ばれてきたので、ストローの紙を破りながら、

「加賀《かが》さんが今年昇進して羽振りが良くなったから、私に洋服を買ってくれることが増えたんだ。それで、クローゼットが狭くなっちゃって大変なの。着てくれる人がも

らってくれるとありがたいの。だから、遠慮しないで」

と星は言った。「加賀さん」というのは星の夫のことだ。

「もらえないわ」

豆子はかぶりを振って、紙袋を星に押し戻し、グラスにストローを挿した。

「どうして？　どれも、二、三度しか着ていないものなのよ。豆子ちゃんが、『それ、可愛いね』って、気に入ってくれたのもあるし」

「それは、星ちゃんが着ていたから可愛く見えたんだよ」

アイスティーを吸い込みながら、洋服をあげたりもらったりするのは、本当に難しいなあ、と考えた。

災害に遭った人が、他の地域に住む人からの援助として古着が送られてきたときにがっくりと肩を落とす、という話はよく聞く。「まあ、そうなんだろうなあ」とぼんやり捉えていたが、初めて、「この感情に似たものかもしれない」と自分に照らし合わせて想像した。

もちろん、古着というもの自体は、悪いものではない。街には古着屋が溢れており、おしゃれな服や、清潔な服がたくさんある。だが、それは金を出して得るものだから、人気があるのだ。無償であげます、と言われて喜んで着るのは難しいはずだ。

「ふうん」

そうこうするうちに、プレートが二皿運ばれてきたので、食べ始める。

人間には、「相手から何かしてもらったら、お返しをしたくなる」という感情がある。もらうばっかりでは重い。お返しができないと自分の人間的価値が下がったように感じてしまうこともある。

少し前の生活よりも困難な状況に陥る、ということは誰の人生にも起こることだが、できるなら自分の力で復活したいと多くの人が考えるだろう。助けてもらって、頭を下げるのは、最終手段にしたいはずだ。

発展途上国で仕事する人がフェアトレードを行うことも、似た感情からなのではないか。誰もが、自分に何も期待されていない一方的な援助ではなく、自分がお返しできる厚意を求めているはずだ。

震災後しばらくしてから東北へ旅行したとき痛感した、自分が価値を認めていないのに「金を落とそう」と考えてとりあえず買い物をする行為は傲慢だということ、地元の人は、「可哀相に」ではなく、「いいところですね」「旅行、とっても楽しいです」という科白を喜んでくれること、その土地の良さを見つけることが一番の道なのだということを、また思い出した。

「おいしいね」

「うん……。ねえ、豆子ちゃん、困っているんじゃないの？」

「困るって？」

「だって、豆子ちゃん、前はもっと、おしゃれしていたじゃない？　洋服だって、ちょっと前まではいつも違う服を着ていたし……。ごはんだって、『ひとりで雑誌に載ってたフレンチの店に入ったよ』って言ってたこともあったわよね」

「ああ、ごめんね。『結婚したらお金がなくなって大変』とか愚痴っちゃったから、誤解させたんだね」

「ううん、姉妹だもの、愚痴ぐらいいつでも聞くし。そのうち私も状況悪くなったら、愚痴言うし。お互い様でしょ」

星は首を振った。

「ただ、お金のことで悩んでいるっていっても、もらいたいわけじゃないの。稼ぎたいのよ」

豆子は五穀米に豚しゃぶを載せて食べた。

「同じことじゃないの」

星は首を傾げる。

「違うのよ。人からもらうのと、自分で稼ぐのとは」

「稼げる人が稼げばいいじゃない」

「そうかなあ、違うわよ」

「私は、たとえば自分が稼いでも、人にあげるよ。今だって、『女だから、夫に食わせてもらおう』って思ってるわけじゃないのよ。夫がたまたま結構稼ぐ人だったから、仕事を辞めただけよ。たとえば病気やケガで加賀さんが仕事できなくなったら、そのときは私が働くつもりだし」

星は、柚子《ゆず》ドレッシングをチキンソテーに回しかけながら言った。実際、学生時代の星は、豆子よりも成績が良かったし、大学のレベルも、豆子よりも少し上だ。コミュニケーション能力なんて豆子よりもずっと上に違いないし、ブランクがあっても、就職しようと思えば、星ならいくらでもできるだろう。

「素晴らしいね」

豆子はそう言いながらも、気持ちを込めて声を出すことができなかった。やろうと思えばやれる人と、実際にやり続けている人を一緒にしないで欲しい、と思ってしまう。豆子は十年間、自分の働いた金のみで生活を作ってきた矜持《きょうじ》がある。星にできないことを豆子はやっているわけではない。星にもできることだ。しかし、豆子は実際にやったのだ。

「姉妹でも、困っている人がいたら、分け与えればいいでしょ」

「それは、違うと思う。本当に死ぬほど困っているならそうかもしれないけれど、誰だって、自分の稼ぎのレベルに合わせて暮らしたいものよ」

「変なプライド持ったってしょうがないでしょ。姉妹なんだから助け合わないと」

星はにっこりする。

「本当に、私が愚痴を言ってしまったことが失敗だった。べつに、『貯金が減った』って言っても、ごはんが食べられないとか、住む場所がないとか、そういったことはないのよ。死活問題ではないの。自分たちの稼ぎに見合った生活を家族ですればいいんだから。『独身時代の価値観が残っていて慣れなくて大変』って、それだけなの。結婚したら生活レベルを下げるっていうのは、多くの男性がやっていることでしょう？　なのに、私が上手くレベルを下げられなくて、お金がどんどん減っちゃって……」

豆子は言いながら、これもやっぱり伝わらないだろうな、と諦めてしまい、どんどん言葉に覇気《はき》がなくなっていった。

「豆子ちゃん、最近元気がなかったから……」

「ごめんね。私が悪かった。お金がないとか、夫の稼ぎは少なめで私が大黒柱だとかって言ったことが、誤解を招いたんだね。もう、自分の家の台所事情は言わないわ。……私、正直なところ、自分のことを褒めてもらいたくて、そういうことを言ってしまったの。『大黒柱になる決心をして、えらいね』って尊敬されたかったの。でも、それを理解してもらえるわけがなかった。言わなければ良かった」

「ふうん」

「あと、結婚式でみんなから御祝儀をもらっちゃって、あれ、失敗したなあ、って思って……。会費制にすれば良かった。御祝儀って、重いよね。結婚式をしたあとに自分用の服とか美容に金をかけているように見せたら、御祝儀で結婚式費用がまかなえたように見えるんじゃないかとか、気を回してしまって……」

「それは、……ばかみたいね」

「自分の貯金がないのに御祝儀でトントンにしようとして結婚式を計画している人が、発言小町でがんがんに叩かれてたの。自分のお金でおもてなししてこそ、結婚式でしょう？　だから、私は皆に振る舞って、今はすっからかん、ってなりたかった。結婚式に来てくれた人に、『私は今はお金ない』って見せたかった」

「ばかじゃないの？」

「まあ、ばかか」

食事を終えてから、デザートも食べようかということになり、星は杏《あんず》の、豆子はラズベリーのシャーベットを注文した。

「ねえ、私が着た服が嫌っていうんだったら、これから一緒に買い物に行かない？　私が服を買ってあげる。私の服を持ってきたのは、単に、新品だと豆子ちゃんが遠慮するかもしれないから、気を遣わせないように、って思っただけなの。新しい服を買いに行こうよ」

　星は提案した。

「いや、遠慮する」

　豆子は苦笑した。

「でもさ、ウエディングドレスは、花ちゃんにもらったんでしょ？」

　シャーベットを掬《すく》って、星は首を傾げた。

「あれは、手作りだもの」

　豆子はそう答えながらも、「確かに、どうして手作りだと納得できたのだろう」と不思議に思った。

「じゃあさ、実際には花ちゃんはレンタルだったけど、もしも花ちゃんがドレスを買って持っていたとして……。花ちゃんが『自分が着たウェディングドレスをあげる』って言っていたら、断ってた？」

「そうだなあ……。たとえば、その花ちゃんのドレスに私が前から憧れていて、それを私からお願いして借りるっていう場合だったら、ありだと思うけど、そうでなくて花ちゃんから情けをかけられてだったら……、やっぱり、どんなに安くて格好悪いものでも、自分で買ったものの方がいい、って思うだろうなあ」

「花ちゃんが『新品のドレスを買ってあげる』って言ってたら？」

「それは、絶対に断るよ」

「そういう考えってさ、私は妹だから理解できるけど、一般的ではないだろうね」

星は断言した。

「うーん」

「『面倒な人だな』って思われるよ。にっこり笑って、『ありがとう』が言えるようにならないと」

「そうか」

豆子は頷いた。

店を出て、手を振って別れながら、「お互いに、褒めてもらいたいところが違うのだろうな」と豆子は想像した。誰だって、自分が努力してきた事柄に関して、世間から認められたいと願うものだ。だから、自分の得意分野の定規《じょうぎ》をあててもらうことを望む。そして、その定規で見ると低い位置にいる人が引け目を感じてくれたらいいな、とつい思ってしまう。

おそらく、星は、「頼りになるパートナーを、努力して見つけたこと」「夫を立てて、支えていること」といったところを、周囲から価値あるところとして見てもらいたいのではないか。早くから結婚に向けて努力しなかった人や、夫に頼ることができない結婚をした人、容姿が悪くていわゆる「女性としての幸せ」を感じにくい人が、もっと女性として愛されるように努力すれば良かったと後悔したり、「いい男」に愛されている人をうらやましいと憧れたりすると思っているのではないか。

しかし、もちろん豆子はそんな思いは露ほども持っていなかった。結婚生活が大変だと愚痴を言ってしまったのは悪かったが、それは男が「いやあ、結婚したから稼がないと大変ですよ」と愚痴るのと同じ気持ちで、「だけど、奥さんが可愛いから頑張れるんですね、えらいですね」と褒められるのを期待したにすぎないのだ。豆子はもともと、結婚したいと思い始めてからも、社会通念上の「いい男」をつかまえたいという気持ちは皆無だった。だから「いい男」と結婚している人が自分より上だとは到底思えない。それなのに憐れまれるのは心外だった。

そして一方の豆子は、「甲斐性があること」「自分が稼いでいること」を、人から褒められたいと思ってしまっていた。星のような主婦や、草子のようなニートは、自分で税金を納められなくて残念と思ったり、義援金の額を自分で決められなくて無力感を覚えたりするのではないかと考えていた。社会人としてきちんとしている人を尊敬するのではないかと考えていた。

だが、もちろん星には豆子に憧れる気持ちなどまったくないに違いない。「頼れる人がいないから仕方なく働いている」ぐらいに見ているだろう。

家族愛は強固なもので、たとえ人生が悪い状況になっても助け合って乗り越えられる。でも会社は社員を切り捨てるだけではないか。金の繋がりや淡い関係なんて、いくつあっても頼りにはならない。近所の人や、店員さんや、友人が、自分に何をしてくれるのか。何かあったときに助けてくれるのは家族だけだ。頼りになる家族を得られなかった可哀想な人が、仕事にしがみついているのだ。星は、そう捉えているのではないだろうか。

それぞれが異なる定規を相手にかざすのだから、自分の求める褒め言葉がもらえないのは当たり前だ。褒め言葉が欲しくて人とつき合うのならば、自分と似た人とばかりつき合えば良いわけだが、それもばかばかしい。

褒め言葉を期待せずに、自分の努力は自分だけがわかっていて、人には伝えないようにするのが一番なのだ。豆子は、そう考えた。

土曜日の渋谷界隈を、ぷらぷらとひとりで歩き続けた。街は愛され系ファッションの女性たちが闊歩《かっぽ》している。

これまでは、顔立ちのせいで、花と星、豆子と草子というグループ化をしがちだったが、今、しっくりくると思うのはむしろ、花と自分、星と草子という分け方のような気がする。いくら稼ぐとか雇用形態とかは問題ではない。自分で生活を作り、社会に直接交わって労働している者同士は連帯感を味わう。豆子は主婦やニートを批判したいとは思わないし、働くべきと主張したくもない。でも、「自分は働いている」というのは、正直なところ、強く思ってしまう。

星はことあるごとに、ニートである草子に向かって、「そのままでは駄目だ。結婚するか、働くかしないと」と意見しているが、豆子は正直なところ、主婦とニートの違いがよくわからなかった。様々な人がいるので一概には言えないだろうが、たとえば草子は家事をしているし、家に寄り付かない豆子たちの代わりに親の側にいて、親の心を和ませている。主婦と同じではないだろうか。将来、経済的負担は豆子たちが負うだろうが、介護や身辺の世話が必要になるときが来るとしたら、それを実際にやってくれるのも草子だろうと思う。親からの精神的な自立が必要という話だったらわかるが、毎日の生活でやっていることは他人から責められなければならないようなものではないだろう。

ただ、自分はそういった方面の努力をしたくない。誰かと関係を築くというのを人生のメインテーマに据えたくない。自分の金でやっていくということを、強く考えていきたい。

「『経済力』という名の香水があったら、それをふりかけたい」

豆子はひとりごちた。

そうだ、女性らしくではなく、社会人らしくなりたい顧客に向けて、香りのビジネスを起こしたい。

豆子は携帯を取り出し、一年ぶりに大山へメールを綴《つづ》り始めた。

5

「いただいたメールにお返ししていなくて、本当にごめんなさい［謝罪の顔］ここのところ気持ちが沈んでしまっておりまして、いろいろな方に不義理をしてしまいました［葉っぱ］しかし、だんだんと元気が出てきて、最近は『仕事』というものを捉え直したい気持ちでいます［魚］もしまだ間に合うようでしたら、前にちらりと言っていた、『香りのビジネス』の話を聞いてみたいです［葉っぱ］最近はおいそがしいですか？」

謝罪の顔、葉っぱ、魚、という絵文字を入れて、豆子はメールを作った。携帯メールは、絵文字を入れないとえらく冷たく伝わるので、できるだけ混入させようと考えており、姉や妹、女友だち相手のときは、キラキラ、星、にっこり、リボン、等を使い回すのだが、男友だち相手、それも既婚者の場合は色みを抑え、エクスクラメーションマークを多発する程度にとどめることが多い。だが、今回は謝罪がメインの内容であるため、エクスクラメーションを打つわけにもいかず、また、久しぶりのために、これまではタメ語で書いていたところを丁寧語に改めたこともあり、読み直すと、友だちに対してではなく、本当にただビジネスへの興味のために、その知識を持っている人脈を探して久しぶりに連絡を取ったような、氷染みた文に見えた。これは良くない、と何度か書き直した。だが、姉や妹や女友だち宛てのようなソフトな文体にしようとすると、「奥さんが見たとしても、おかしくないメールだろうか」というところが気になってくる。豆子は大山に対して恋愛の気持ちなど今まで持ったことがないし、後ろ暗いことはまったくない。それに、大山の美人の奥さんは豆子の顔を知っているので、大山と恋愛するタイプとは思っていないはずで、心配なんて全然されないだろうとも想像する。大体、携帯メールなど、覗く人は少ないし、大山の結婚式のときに会った、大山よりもしっかりしているように見える堂々とした奥さんが、そんなこそこそしたことはしそうにない。しかし、目に入ってしまうことはあるのではないか。豆子自身、恋愛や人間関係に淡泊だったため他人の携帯をわざわざ手に取って覗いたことはないのだが、それでも鯛造がまったく携帯を隠そうという意識を持っておらず、メールが来たら人前でさっさと返信をするため、ぱっと絵文字や名前が目に入ってしまうようなことはあった。モテるタイプではないし、難しい嘘《うそ》はつけない人だから、鯛造に対してそんな心配はしていないのだが、浮き立った絵文字を打ってあることがあると思う「私へのメールにはそんな絵文字入れないのに」と思うことがある。ぱっと目に入るときは、絵文字のテンションだけが伝わるのだ。だから、男友だちに対しては、地味にするに限る。浮き立たない、暗い色調の絵文字はないかと探したら、葉っぱと魚だったため、それを文末にところどころ入れたわけだが、内容に全くリンクしておらず、変だった。だが、これが努力の限界だ、と送信ボタンを押した。

コートのポケットへしまった途端に振動したので、「お、早いな」と驚く。

そういえば大山のメールの返しが速いことは学生時代から友人たちの間では有名なのだった。「こっちが送った時間より、早く返ってくることがある」と言う者もあったくらいだ。その発言をした加山によると、加山の送信時刻より、大山の返信時刻の方が一秒早く表示されていたそうだ。

携帯を再び取り出して確認すると、しかし、着信メールは大山からではなかった。母親からの、

「お父さんが、豆子と鯛造さんと四人で食事しようと言っている［恐怖の顔］」

というメールだった。

最近、母親からのメールに、青ざめた顔に両手を当てている絵文字が散見されるよ

うになった。内容は「庭の椿《つばき》が咲いたよ」「元気でやっている?」といった他愛のないものなのに、なぜかこの気味の悪い絵文字を入れている。どう見ても、悪いニュースに驚いたときや、ショックな出来事を伝える際の顔だ。しかし、「恐怖の顔」だと捉える自分の感覚の方がおかしいのかもしれない。自分が勝手にそう見ているだけの可能性もある。

ただ、絵文字というのは文字入力もできる。それこそ、「はっぱ」と打って変換すると葉っぱの絵文字が出るし、「さかな」と打つと魚の絵文字になる。豆子は、「悪い」「恐怖」で入力してみて、この「顔」が出ないことをチェックしたが、ふと思いついて、「ムンク」と打って変換してみると、果たしてこの顔が出た。

「やっぱり、恐怖の顔じゃないか。叫んでるじゃないか」

豆子はつぶやいた。そして、ムンク、ムンク、ムンク、と打ち、

「鯛造さんに聞いてから、また連絡するね［恐怖の顔］［恐怖の顔］［恐怖の顔］」

と、嫌がらせで絵文字を三連発して、返信したところ、

「わかった［恐怖の顔］［恐怖の顔］［恐怖の顔］［恐怖の顔］［恐怖の顔］」

と母から五連発が返ってきた。母はこの顔を可愛いと思って入れているのかもしれない。わざわざメールで、「この顔をなんで入れるの?」と書いて聞くのは面倒だ

し、一年ぶりに会ったときに、「あの顔、なんでメールに入れるの？」と聞くのは大《おお》仰《ぎょう》だ。スルーしよう、と豆子は思った。

携帯をポケットに仕舞い、豆子は渋谷を歩き続けた。ふと思いついて、大学の方まで歩いてみることにする。豆子や大山が通っていた大学は、渋谷駅から歩いて十五分ほどのところにある。よく行った居酒屋やラーメン屋を横目に、青山通りを登っていく。大学構内に入ってみようか、と思いついたが、さすがにもう大学生には見えない自分の容姿を思い、不審者と捉えられるのを恐れ、門を眺めただけで通り過ぎた。横断歩道を渡り、青山ブックセンターに降りて、しばらく店内をぶらぶら眺めながら、豆子は構想を固めていった。

豆子が大山に会って、まず訴えたいのは、『経済力』という名の香水を作りたい」ということだ。

アロマオイルや、お香ではなく、香水をビジネスにしたい。豆子は見た目が地味で、性格も大人しかったが、自分の世界に満足する性質ではなかった。社会が好きだ。社会の中で、自分に何ができるか、他人からどう思われるか、模索していきたいと強く思っている。

だから、正直なところ、自宅の寝室や風呂の雰囲気を良くして、癒《い》やされたい、と考えたことがない。会社に行ったときに同僚からどう思われるか、レストランで食事をしたときにウェイターにどう扱われるか、姉妹の中での自分のポジションがどう変化するか、そういったことばかり考えている。だから、「心の中を豊かにする」という仕事よりも、「社会を変える」という仕事に従事したい。そして、その職種がお客さん相手のものだとしたら、自分はそのお客さんの「社会性」を支える役割に就くのが向いていると思う。

そういう意味で、人と会うときに身にまとうものである香水を扱うことが、豆子にとっての「香りのビジネス」として一番しっくりくるものだ。豆子自身、香水は、人と会うときに、相手からどう思われたいか、ということを考えながら吹き付けてきた。

ただ、今まで、豆子に似合う香水はなかった。少なくとも、自分で、「これは私らしい香水だな」と、「私が、『人にこう見られたい』と思っている匂いだな」と感じられるものはなかった。

その理由として、メーカーの考える香水を付ける目的が、「異性に向けて」と限定されているから、ということがありそうだった。豆子は、女性同士の世界の中でのみ生きていきたいとは、決して考えていない。異性とも関わって人生を進めたい。だが、たとえ相手が男性だとしても、「異性として魅力的だな」と捉えられるよりは、「人間としていいな」と思われたかった。

もしも美人だったら、そうは思わなかったかもしれない。美人ではない顔立ちで生きることになったため、異性に向けて努力したり、「いい女」っぽく振る舞うことに抵抗を感じるようになった、という可能性はある。ただ、そうだとしても、とにかく三十三年間、すでにこのやり方で生きてきたし、今更、やっぱり「いい女」に向かって自分を磨いてみたいだなんて、到底思えない。せっかく「そうではない方向」へ頑張ってきた宝物のような年月があるのに、それを捨てて世間に合わせ、美人風になろうとするなんて、もったいなさ過ぎる、と豆子には思えた。

そして、豆子のような人間は、たとえ少数派だとしても、他にもいるように感じられる。学生の頃は、自分のようなタイプはどこに行っても肩身が狭いものだと、どこか諦めているところがあった。しかし、今の自分は違う。多数派ではないとしても「人間としていい」に向かって努力したい人がいるのなら、そこに仕事をきっと見つけられる。その仕事に邁進したら、もっと社会に自分が受け入れられる可能性があるのではないか。そう思う。

今の豆子が相手に一番、受け取ってもらいたい自分のイメージは、「経済力」だ。

書店を出て、渋谷駅に戻る青山通りを上がっていく。

赤い看板が出ている牛丼屋の前を通り過ぎる。そういえば、一度、大山と、もうひとり、中込《なかごめ》という女の子と、授業後に大学から駅まで、三人で歩いている途中、

「あ、そうだ。ちょっと待ってて」

と大山が言うので、豆子と中込が顔を見合わせて立ち止まると、大山がそのまま牛丼屋の中に入ってしまったことがあった。

「なんだろうね」

豆子と中込は、不思議がりながら、店の外で待っていた。十分ほどすると、

「おまたせ」

何食わぬ顔で大山が出てきて、再び駅に向かって歩き出した。

「何してたの？」

中込が尋ねると、

「腹が減ってたのに気がついたから、牛丼並を食べてきた」

わるびれずに大山が答えたので、豆子と中込は爆笑した。

あの頃は、社会性のなさが、面白かった。コミュニケーション不全が、笑えた。

「こいつ、社会に出たら、やっていけないんじゃないかな」と思うと、楽しかった。

今、もしも友人の誰かが、あのときの大山のように、勝手に店へ入って自分が何かを食べている間に人を待たせるというようなことをしたら、笑えないと思う。「非常識だ」と立腹してしまうし、「この人、これから先、この社会でやっていけなくて、とても悲しい思いをすることになるんじゃないか」と心配になってしまうに違いない。

それにしても、あんなに変わり者だった大山が、就職した途端、あっさりと営業職に染まり、数年でコミュニケーション能力をどんどん高めていったのには驚いた。いや、大山だけではない。十年も社会で揉《も》まれれば、誰だって社会人として価値観を変えていく。

すると、そこにやっとメールが返ってきた。

「急ですが、月曜日の昼休みはいかがでしょう？　十二時半くらい［時計］僕は、そのあと外回りなので、二時間ぐらいは都合がつきます。豆子ちゃんの会社の近くの『魚の店』で昼ご飯を食べながら話すのはどうでしょう［魚］」

その下に、魚の店のＵＲＬが載っていた。

大山は豆子につられてですます調になっているのか。あるいは、半分ビジネスの気分になってこの語調にしたのだろうか。そして、絵文字の魚につられて魚料理を思いついたのか。

月曜日、「魚の店」へ行き、引き戸をがらがらと開けると、先に大山は席に着いていた。

「どうも」

豆子が手を上げると、

「久しぶり」

と大山も手を上げた。

「ははは、ごめんね、連絡が遅くなって」

きちんと謝ろうと思っていたのだが、豆子は笑って誤魔化《ごまか》しながら、メニューを手に取ってしまった。

「もう注文した」

大山は言った。

「何にしたの？」

「この、鯖《さば》の塩焼きの定食」

「じゃあ、私は鰈《かれい》の煮付けの定食にする」

豆子は手を上げ、店員に注文を伝えた。

「早速だけど、『香りのビジネス』について話したいっていうのは、仕事をしたいっていうこと？」

水を飲みながら、大山は言った。

「うん」

震災以降、水を飲むときに、「これ、飲んで良いのかな」と逡巡することがくせになっていたが、おそらく水道水と思われるそれを平気でごくごく飲む大山につられ、豆子も飲んだ。この国で生きていくのだから、水の危険性ぐらい、自分も負うことにするか。もしも会社を辞めて、起業するとしたら、どうせ赤ちゃんは、すぐには産めないのだし、とも考えた。

「それは、サイドビジネスってこと？」

「いや、それは……。うちの会社は、副業なんて禁止だし。え？　大山くんのところは、平気なの？」

「もちろん、駄目だよ。オレは、退社して、新しく自分の会社を起こしたいと考えている」

「本当？　『香りのビジネス』っていうことだよね？」

「そう、今はアロマにはまる女性が多いらしいんだよ。子どもができてからは離れているけど、うちの奥さんも前にはまっていたんだ。すでにブレイクしている産業だけど、これからもっと広がっていく分野だとも思うんだ」

「やっぱり、アロマか……」

そこへ、鯖の塩焼きの定食と、鰈の煮付けの定食が運ばれてきた。素っ気ない皿に盛られたものだが、魚屋と提携して産地直送の新鮮さを売りにしているというだけあって、見るからにおいしそうだった。

「いただきます」

豆子が手を合わせると、

「うん、いただきます」

大山も箸を持った。

食事中は仕事の話はせず、久闊《きゅうかつ》を叙《じょ》した。

無沙汰を詫び、お互いの近況を伝え合った。豆子は大山に、

「お子さんは元気？」

と質問をした。子どものいない人に接するときに、子持ちの人が気兼ねをして子育ての話題を我慢していることがあるというのは、他の友人たちとのつき合いの中でな

んとなく感じていたことだったので、豆子は、「自分から聞かなくちゃ」と思ったのだ。大山は、

「保育園を探すのが大変だったんだよ。二人共すごく忙しい状況だということを役所で訴えたんだ」

と言い、やっと見つかっても、親の収入によって保育園の料金が変わるから、自分たちの場合はすごく高いのだということ、少し前まではお父さんっ子だったのに、今は反抗期でお母さんばっかりにくっついて、何を言っても「いやだ」と言われるということ、などの話を続けた。

「『魔の二歳児』に近づいているのね」

と豆子は言い、自分のことが嫌になった。自分の中にある、育児の知識を絞りに絞って、やっと出てきたのがこの科白のみだったのだ。

豆子は、子どもの話を聞くのが嫌いではない。知らない分野の話に触れることができるのは嬉しいし、小さい子のエピソードは単純に面白いものが多い。ただ、相手の地雷がどこにあるかわからないので、緊張するということがあった。子どもがいる人同士の会話だったら、当然そこには触れない、というところに、知識がないせいで踏み込んでしまい、相手を傷つけたらどうしよう、と考える。発育については質問しな

い、二人目については尋ねない、などと自分に規制をかける。また、たとえ相手が愚痴を言っても、決して上からなだめてはいけないとも思う。愚痴は実は謙遜《けんそん》のつもりで言っていることで、「子どもがいない人には、わからない」「こっちが人生の先輩なんだから」と相手が心の底では考えることもあり得ると想像し、「そっかぁ」「そうなんだね」という相槌を打つ。びくびく会話をする自分に、嫌悪を覚える。このような話し方をするから、生き方の違う友人と疎遠になってしまうのだ。学生時代は、どんな変わり者とも友だちになれたのに、今はほんの少しの道の違いで、友情を続けられなくなるような、つまらない常識人になってしまった。

「豆子ちゃんは、子ども欲しいな、って思わないの？」

と大山に聞かれ、

「そうだなぁ……。結婚する前はすごく欲しいって思ってたんだけど、なんだか自信がなくなっちゃって……。あと、ちょっと前は三十五歳のリミットが恐怖だったけど、いざ近づいてくると逆に年齢が怖くなくなってきた」

豆子は答えながら、大山はそんなに気を遣わないんだなあ、と快く感じた。子どもが欲しいかどうかというのは、センシティブな問題なので、女友だちからは滅多に聞かれない。大山自身は、男性だからそういったところで傷ついたり悩んだりしたことがなく、無邪気に質問ができるということなのか。あるいは、大山からすると、豆子は「強い意志で子どもを持たない選択をしている」と見えているのかもしれない。大山は昔から、中込などの他の女友だちに比べ、豆子をあまり女性らしくない、独立心旺盛なキャラクターだと捉えているようだった。

「なるほどねえ。でも、子どもって、すごく可愛いよ。子育ては、仕事と両立できるよ。むしろ、いる方が力になる。時間はなくなるけど……」

と大山は味噌汁を飲み干した。

「そうか」

豆子は頷いた。

手を合わせてから、「まだ、一時間くらいは大丈夫だから、コーヒーでも飲もう」と大山が誘うので、会計を済ませ、「魚の店」を出た。

チェーン店のコーヒーショップに移り、向かい合わせの席に座る。

「あのさ、大山は私に、好感を持ってくれているでしょう？　異性としてではなく、人間として。『信頼できそうだな』『一緒に働きたいな』と思ってくれているんじゃないかな？」

豆子は、そんな風に切り出した。

カップの中の味の濃いコーヒーを見詰める。せっかくコーヒーショップに入ったのだから、と、ついコーヒーを頼んでしまった。こういうところで紅茶を頼むと、白湯《さゆ》の入ったマグカップの脇に素っ気ないティーバッグが添えられただけのものを出され、コーヒーと比べてコストパフォーマンスがかなり下がったのを感じてしまう。しかし、それでもコーヒーが苦手な豆子にとっては、紅茶を注文した方が、満足度は上がったはずだ。現に、ひと口飲んだだけで、「半分も飲めないな」と判断した。コストパフォーマンスばかりを求めるなんてばかばかしいのだ。個人の好みに注目した方が、良い注文ができるに決まっている。

「うん？　まあ、そうかな？　……いや、うん、そうだよ」

大山はきょとんとしてから、ちょっと首をひねってワイシャツの衿の内側を指で掻《か》き、頷いた。ビジネスの話をしに来たのに、自分たちの関係性についての話題がまず出たので、面倒に思ったのかもしれなかった。

「私は大山に、自分のことを、『信頼できそう』『一緒に働きたい』って思ってもらいたいな、と願っている。そして、それが今、たぶん叶っている。だから、これは、私から見て、『上手くいっている関係』ということになる」

豆子は話を続けた。

「うん」

大山は、コーヒーをぐびぐび飲みながら頷く。

「こういう関係って、実は社会の中に、結構多いんじゃないかって思うんだ」

豆子はゆっくり言った。

「うーん。ビジネスライクな関係ってこと？」

大山は真面目な顔をして、首をひねる。

「いや、それだけじゃない。仕事にまつわる関係だけじゃなく、日常の中にいろいろな関係があって、様々な感情があるでしょう？　友情とか、サービスを提供したりされたりするときに湧く感情とか、兄弟の情愛とか……」

豆子は言う。

「うん、うん。つまり、異性かどうかが関与しない関係ね」

大山は軽く相槌を打つ。

「そういう関係を上手くいかせたい、と強く願う気持ちがあるわけじゃない？　だけどさ、この頃の日本のマスメディアで取り上げられるのは、『どんな関係においても、女性が男性に性的魅力を感じてもらえないことは残念。努力すべき』という意見ばかりだ。たとえば、仕事の場面でも、『上司からは〝教え甲斐《がい》のあるキュートな後輩に〟、部下からは〝頼れるセクシーなお姉さん〟だと見られるように頑張りましょう』と。で、『仕事ができる。真面目』とだけしか異性の同僚から思われない人は、残念、と」

「まあ、そうかもね。実生活ではそんな風に女の人を見ないけど、ドラマとか映画とかでは、たいていそういう描かれ方になっているよね。……あと、今はやりの『マウンティング』とかね。女友だちとの友情においても、性的魅力が上の人が上の立場になることが多いから、女友だちに対しても性的魅力を見せたい、と。でも、『良い関係』だけを目指す人なら、決して上の立場になりたいとは願わないだろうね。たとえ、他人から、『あの人は下の立場なんだわ』と思われたとしても、その人自身は相手と良い関係を築けて満足している、ということは大いにあるだろうね」

大山は、唇に付いたコーヒーを紙ナプキンで拭って、頷く。

「実際、恋愛に絡《から》ませて好感度を上げなくても、相手と良い関係は作れる。それに、『自分を他人に、こう見せたい』という理想が、もとから性的な由来を持つものではない人にとっては、『いい女風』のものはまったく必要なくて、『いい人間風』『立派な社会人風』が成功すれば、十分に満足感を得られる。決して負け惜しみじゃなく」

豆子は冷えていくコーヒーを諦めて、大山をじっと見て喋った。

「そりゃあ、そうでしょう」

大山は、こくこくと頷いた。

「つまりは、『ニーズがあるんじゃないかな』と」

「簡単に言うと、『モテ系ではない層を狙《ねら》え』ってことね」

「そうかな？　ちょっと違うような……」

豆子は腕を組んだ。

「最初っから、オレもそう言っていただろ？　デートで使うような香水じゃなくて、家の中で自分がリラックスできるアロマの類いで勝負をかけよう、と提案しているんだよ。オレだって、『すべての女の人が男から恋愛対象として見られたいわけではない』と知っているよ。最近だと、漫画とか小説とかでも、そういうの多いじゃん？『おしゃれを頑張らない、家でだらけている本当の自分を肯定する』とか。『男のためじゃなく、自分のために生きる』とか。キャラクタービジネスだって活性化している。キャラグッズなんて、持っていると男受け悪くなるのに、自分の気持ちを緩めることを優先して買う。リラックスできるものにお金を使いたいんだろ？　つまり、異性じゃなくて、自分と向き合いたいんでしょ？」

大山は言った。「女性心理についての考察は面倒」とは思っているだろうが、「しかし、そこにこそ、ビジネスチャンスが潜んでいる」という認識があるのに違いない。

「いや、全然違う。モテ系じゃない人が、必ずしも内側を向いているとは限らない」

豆子は首を振った。

「じゃあ、フェミニズムの怖い人みたいに行動したいってことか？　男になりたいってこと？」

大山は頭の上で手を組んだ。

「違うよ、現に私はフェミニストじゃないし、男性に憧れているというのもないし。……『もてない人は異性が苦手』っていう偏見があるよね。でも、たとえば私の場合は、苦手じゃない。男友だちが多いし、男の人を苦手とも怖いとも感じたことがない。張り合いたいとも、真似したいとも思わない。ただ、普通に仲良くやっていきたい……」

上手く言えないな、と感じて、豆子はこめかみに手を当てた。

「ああ、……ちょっとだけ、わかってきたかも。『これからの時代を生きる人間は、複雑な関係を築いていく』」

大山は手を下ろし、一回頷いた。

「あ、それかも」

豆子も頷いた。

「つまり、いろいろな考えや立場の人が意見を言える社会になってきて……。いわゆる『多様化が受容される成熟した社会』が実現され始めて、社会の構成員の高齢化も起きているから、恋愛でも家族でも仕事でもない関係が、昔より増えた」

大山は、コーヒーを飲み終え、カップを置いた。

「うん」

「これからは、人の魅力は一概に『いい女』『いい男』と言えるようなものだけではなくなっていくかもしれない」

「うん、そうかも」

「でも、そのための香水を作るとなると、ものすごくたくさんのパターンが必要じゃないか？　それこそ、関係の数だけの……」

「そうだけれど……」

「それに、そもそも香水っていうのは、原始的なものなんじゃないの？　よく知らないけど、フェロモンみたいな。動物が匂いによって興奮するのと同じように、人間もきっと興奮するだろう、って、そこを狙って作っている商品なんじゃないのかな？

だから、恋愛じゃない場面では、香水が有効ではないという可能性もある。つまり、化学的には、『恋愛に効く香水』は作れても、『友情に効く香水』は作れない」

「でも、最近では、恋愛シーンではない場面で香りが使われているよ。お客さんの購買意欲を高めるために雑貨屋の店舗にディフューザー設置したり、お客さんを盛り上げるためにコンサートホールとかアミューズメントパークとかで香りの演出をしたり……」

「うーん。でも、なんか、腑《ふ》に落ちないな。なんていうか、そういったものすべてが恋愛のバリエーション、って感じがするもの。雑貨とか、音楽とか、そういうものを女性に売り込むのは、恋に落とすのと同じようなものだから、それに香りを使っているっていうことのように思える」

大山は腕を組み、冷静に喋る。

「うっ……。じゃあ、別の観点から。香水っていうのは、付けている本人が一番たくさん嗅ぐものでしょう？　だから、香水のおかげで本人に自信が湧いて、行動が魅力的になる、っていうのが大きな作用だと、私は思うのね。恋愛シーンで香水が強く効くのは、付けている本人が嗅いで、『ああ、今日の私はいい女なんだ』って思い込んでデートに臨むからパワーが発揮される。本人がなんにも知らず、偶然にその香水が服に付いていて、他人にその匂いが伝わったとしても、効かないんじゃない？」

　豆子は言った。

「そうかなあ。オレの場合だけど、昔の彼女の匂いとか、今でもよく覚えているよ。香りを認識する場所は記憶をつかさどる脳に直接繋がっている、って聞いたことあるから、そういうことだろうね。その匂いについて、当の彼女とは話したことなかった。まだ若かったし、香水のことを尋ねるとか褒めるとかいう発想がなかったから。その彼女本人がどう思ってたかはわからないし、香りについての会話も記憶がないから正確なことは言えないけど……。自信がない仕草が魅力な彼女だったし、今の豆子ちゃんの説は腑に落ちないな。オレは『いい匂いだな。好きだな』ってだけ思ってて、素敵な恋の記憶になっているわけだから。男にとって、いい香りっていうのは、それだけで効くものなんじゃないの？」

「じゃあ、『香水の香りは、性本能に直接作用する』っていう研究論文があるの？」

「さあ？　探せばあるんじゃねえの？」

　大山はぶっきらぼうに言った。

「だけどさ、もしも本当にそういう理由で付けるのだったら、香水というものは、もっと野性的で、ちっとも文化的じゃない、美しくない香りになるはずだ、って思わない？」

「まあ、そう言われると……。本能だけで相手を好きになるとしたら、より動物的な匂いがいい、ってことになるか」

「香水の匂いを嗅いだだけで、その匂いの近くにいる人を好きになることはまずないと思うんだよね」

豆子は手を顔に当てて考えた。

「うーん、『こういう香りが趣味な人なんだな』『この人は、こういう香りを付けて、オレにアピールしたいんだな』と感じて、いいな、この人、と思うのかもなあ」

「文化的で洗練された香りを身に付けたい、という欲求は、つまりは、『こう見られたい』という自分に一歩近づいて、自信を持ちたい、ということが、やっぱり一番大きいんじゃないのかなあ」

「いや、そうじゃないかもしれないけれど、とにかくそう捉えることにして、オレらがその路線を強く信じ、ビジネスを起こすことで意味が生まれるだろうね」

大山はテーブルに手を置いた。

「そして、『こう見られたい』が、セクシーさに関係していない人には、今流通している商品の外に、求めている香水があるはず。それを、私たちが作る」

豆子は言った。

「うん、そうしよう」

大山は頷いた。

「アロマと香水は違う。香水は対外的なもののためにある。自信を持って、対外的なものに臨めるように香りを使うの」

豆子は言った。

「お！　いいね、それだ」

大山は大きく頷いた。

「まずはね、『経済力』という名の香水を作ったら、人気が出るんじゃないかと思うんだ」

「『経済力』？」

「『経済力』を自信に変えたい女の人は、たくさんいるはず」

「なるほど」

「これまでは、『経済力』って女性にとってマイナスイメージにしかならなかった。恋人に会うときも、姉妹に会うときも、親に会うときも、お舅《しゅうと》さんやお姑《しゅうとめ》さんに会うときも。でも、これからは……」

「プラスイメージにする」

「そもそも、『香水を買う』っていう行動自体前向きだもの。働いて香りを得る。私も、初めて香水を買ったとき、社会人としての自信が湧いた」

「なるほどね」

「もちろん、そのあとは、別のラインも作っていく。家事に自信がある人もいるだろうし、豪快さが魅力の人もいる。それから、小さな世界で満足できる人、たとえば、部屋の中で虹を見つけられる人……。いろいろな人の多様な魅力を全て肯定する。ひとつの物差しでなく、たくさんの物差しを作る」

「ただ、香水作りは、専門家がいないとできないよな。理系の研究者がやる仕事だろ？」

「どこかの会社と提携を結ぶ」

「それか、他社の研究職の人をハンティングする。あるいは、大学の研究者を引っぱり出す」

「私が、『香水アドバイザー』という肩書きを持つのはどうだろうか。大山は、商品をお客様に直接紹介するのはもちろん、企業とのタイアップの企画を立てたり、広告を作ったりもする」

「まあ、最初は二人だから、なんでもやらないとね」

「うん。私も営業する」

「社名と住所があれば名刺を刷れる。まずは、会社の場所だ。今度、不動産屋さんに行こう。また連絡する」

「わくわくしてきたな」

豆子はにっこりした。

「これからは、『ビジネスパートナー』だね。どうぞよろしく」

大山は、豆子に片手を差し出した。

その手を見て、豆子は結婚式を思い出した。

現代では、金を払えば、いろいろな人と「パートナー」になれる。結婚式は、鯛造と二人で開くのには無理があったが、「ウエディングプランナー」などの「パートナー」の力を自分の経済力で借りていたならば上手くいったかもしれなかった。そんな風に折々で「パートナー」の力を借りていけば、鯛造とは何かを運営する必要がなくなり、愛情を育むことだけに集中できるようになる。

結婚相手と「パートナー」になる必要はない、と豆子は再び思った。

たとえば今回のように、会社を起こすときは、大山のような友人と「パートナー」

になればいい。

これから先も、社会の様々なシーンにおいて、その都度の「パートナー」を得て、人生を進んでいけばいいのだ。豆子はそんな風に考えた。

「よろしく。香りで世の中を変えよう」

豆子は声色《こわいろ》を作って大仰なことを言い、握手をした。

「あはは。いや、本当にそうだ。できるよ。香りで世の中を変えられる。新しい人間関係を結べる」

大山は最初は笑って、でもすぐに首を振って真面目な顔になり、大きく頷いた。

まずは、「できる」と自分が強く信じること。自分が信じていないことを、お客さんに勧められない。営業で培った精神で、大山は新ビジネスにいどむのだろう。

そして、大山が言うように『多様化が受容される成熟した社会』が実現して、高齢化によって様々な人間関係が増えていくのだとしたら、家族に頼らずに社会に頼って大丈夫なのだ。やっぱり、社会をあてにしていいのだ。老後もきっと、様々な人に助けられながら生きていける。もし、社会を信頼してはいけないのだとしたら、なんのために高度なものになったんだという気がする。

ドアを開け、冬の日光を浴びながら、二人は手を振り合った。それぞれの仕事へ戻る。

豆子は、近いうちに辞表を書くだろう。しかし、あと二ヵ月ほどは、今の会社の仕事に、全力を尽くす。

そして、三ヵ月後には、「自分たちの会社」で、新しい仕事を創造するのだ。

そう思うのと同時に、豆子はもうひとつ、自分に関することを決めた。

妊娠を望むのは、あと二、三年、先延ばしにしよう。

鯛造の方に育休を取ってもらえるとしても、産休は豆子が取らないとならない。起業をしてすぐに妊娠した場合、勢いが弱まってしまうかもしれない。

そもそも、妊娠できるかできないかは人によるのに、すべての人に三十五歳で線を引くというのは、現代日本社会が急にやり始めたことだ。「大体それぐらいの年齢から妊娠率が下がる」という研究結果が出たのかもしれない。だが、自分がそれに当てはまるかどうかを多くの人は知らないままに社会の風潮に合わせ、そこから外れることに恐怖を抱いている。

豆子もそうだった。豆子が三十五歳を意識したのは、人目を気にしたという理由が一番大きかった。少子化社会の中で、「子どもを産むことが女性の一番の仕事」のようにうたわれ始め、自分の居場所を見つけにくくなった。三十五歳より前に子どもを産んで、「ここにいていいよ」と社会から言われたかった。そんな思いで子どもを欲しがるなんて、本当におかしなことだった。

あと、二、三年は仕事に全力を注ごう。そのあとのタイミングで妊活して、授かれなかったら、諦めたい。

とにかく、自分で決めた、という実感があればいい。

あとになって、「あのとき、『パートナー』のために会社を選んであげたのに」だの、「夫に経済力がなかったせいで」だのといったことは絶対に言わない。「自分の生き方に会社が必要だった」「自分に経済力がなかった」と言う。

自分で決めた。それで子どもを持てる可能性が小さく……、いや、可能性がゼロになったとしても、すべて自分のせいだ。

あとになって人のせいにしない覚悟があれば、どんな決断だってしていいのだ。

日曜日、豆子と鯛造は横浜美術館へデートに出かけた。二人が追いかけている、ある現代美術家の展覧会が開催されていたからだ。現代アート鑑賞は、豆子と鯛造が共通して持っている趣味だ。

「ねえ、あの三日月形のホテルに、いつか泊まってみたいね。いつか、おばあさんとおじいさんになったときに」

桜木町《さくらぎちょう》で電車を降りて、みなとみらいの方へ向かって歩きながら、豆子は遠くに見える変わった形のホテルを指さして言った。

「なんで？」

鯛造もホテルを見上げた。

「横浜に来ると、いつもあのホテルを見て、『いつか泊まれたらいいな』って思ってきたの。ずっと若いときから憧れてきたんだあ」

豆子は答えた。

「そうなんだね」

鯛造は豆子をじっと見つめて頷く。

「学生時代に、就職活動であのホテルの隣りのビルに行ったたな。合同説明会っていうのがあってね、ブースがいっぱい並んで、いろいろな会社がぎっしり入っているの。社会人になって稼いで、いつかホテルで休日を過ごしたいな、って憧憬を抱いていた。その頃は、旅行に行ったら泊まるけれど、日帰りできる場所にわざわざ泊まるって発想はなかったから」

豆子は言った。

「僕も泊まってみたい。おばあさんとおじいさんになる前でも、泊まれるんじゃないの？」

鯛造が穏やかに言った。

「だけど、すっごく高いんだと思うよ」

「どれくらい？」

「さあ？」

「結婚記念日に、行こうよ」

去年に結婚式を挙げた日が、近づいていた。豆子と鯛造は、「結婚記念日」を戸籍をいじった日ではなく、結婚式を開いた日にしよう、と決めていた。結婚式はさんざんなものになってしまったが、そこから「結婚」というものを作っていくしかない。他のカップルに比べたら、かなり低いところからの出発になるが、それでも、なかったことにはせず、嫌な思い出を持ったまま新しい道を、無理やりににこにこしながら歩いていくのだ。

帰宅後にインターネットで検索してみた。確かに豆子の金銭感覚からするとその宿泊費は「高い」。しかし、「到底手がでない」というほどではない。

「よし、行こうよ。行っちゃえ」

鯛造が言った。

先のことは心配だが、人間は誰だって、明日の命もわからないのだ。あるのかどうかわからない老後のためだけに、生まれてきてくれるかどうかわからない子どものためだけに、今の自分たちというものの存在理由を探る気はない。未来にばかり、金はかけられない。

鯛造が電話をかけ、予約をした。部屋にDVDのデッキを借りる手配もしてくれた。宿泊費の高いホテルに行くのなら、チェックインの時間から、チェックアウトの時間まで、めいっぱい部屋を楽しみたい、と思ったからだった。観たかった映画のDVDをレンタルショップで借りて持っていこう、と決めたのだ。


十二月四日に、二人は出かけた。

長年、三日月の形だと豆子が思い込んできたそのホテルは、本当はヨットの帆を模したものだった。港にあるホテルなので、確かにその方がしっくりくる。

ラウンジでチェックインをしようとしたら、ホテルスタッフから、「ワンランク上の部屋が空いているので、通常の価格よりも安くグレードアップができる」と提案された。

「そうしようか」

鯛造がにっこりした。

「うーん」

豆子がうなると、

「今日は特別だから。後悔しないように」

鯛造は言う。鯛造は贅沢を好むタイプではなく、普段はホテルのグレードなど気にしない人なので、豆子の満足度を上げるために言っているに違いなかった。

「帆」の端っこに位置するスイートルームで、鯛造と豆子は、事前に借りてきたDVDを鞄から出した。二人の視界には、右の窓に観覧車、左の窓に海があり、その真ん中に映画がある。

「ああ、お金を使っているなあ。楽しいなあ」

豆子はつぶやいた。

「消費は楽しいね。また働こうって気になるものね」

鯛造も賛同した。

「うん」

豆子はしばらく目を瞑った。鯛造と結婚したおかげで金銭感覚がゆらゆら揺れて、経済力について考察することができた。強固に自分を守ってひとりの世界で意志を貫き通して過ごすよりも、あるいは誰かに守られて安穏《あんのん》と十年一日のごとく暮らすよりも、ずっと自分らしい。経済力の変化を心の底から楽しみながら生きていきたい、と豆子はしみじみと思う。でも、のちのち、ホテルでこんな贅沢をしたことを後悔する日が来るかもなあ。そうも考えたが、「それはそれで、面白い」と目を開き、再び映画に集中した。

ひとつ目の映画、『リトル・ミス・サンシャイン』を見おわったあと、豆子はスーツケースからポーチを引っ張り出し、洗面所へ向かった。

豆子はこの日のために、ゴボウの香水を作ってきたのだ。ささがきしたゴボウを無水エタノールにつけ込み、濾紙《ろし》で漉したものをアトマイザーに移して持ってきた。

できは、いまいちだった。匂いはひどく弱いし、「いい香り」だなんて作った自分自身でさえ感じられない。でも、豆子が初めて作った香水だ。手首に垂らし、それを耳の下にもちょんちょんと移す。

部屋に戻り、これみよがしに、鯛造の前を行ったり来たりして見せる。

「なあに？　邪魔だよ」

鯛造は、デッキにＤＶＤをセットしながら、けげんな顔をした。

「ゴボウだよ」

豆子は言った。

「ゴボウ？」

「ゴボウで香水を作ったの」

「あははは、すごいねえ」

「可笑しい？」

「豆子ちゃんらしくていいね。ゴボウの匂いのする人、好きだなあ」

鯛造は笑い続けながらも、拍手喝采した。

「いけるな」

「何が？」

「ゴボウの香水だよ。商品化だ。ちゃんとしたプロに作ってもらうんだ。そうだ、もっと『パートナー』を増やそう。香水を作れる『パートナー』だよ」

豆子は腕を振り回した。

「きっと、そういう人に出会えるよ」

鯛造は深く頷いた。

「うん」

豆子は窓際に立ち、海の彼方を見つめた。打ち寄せる波が、絶えず輝き続けている。どんどん自信が満ちてくる。

花みたいな人、草子みたいな人、星みたいな人、それぞれに似合う香水を、いつか作れる。

自立と可愛げの両立

山本文緒

山崎ナオコーラさんは私にとって憧れの作家で、本になっているものは全て読ませて頂いている。

鮮烈だったデビュー時からずっと、山崎さんはその類《たぐい》まれなセンスで斬新な小説を書き続け、読者を魅了している。同業者ではあるのだが、私は熱心な読者のひとりである。

家に送られてくる小説誌に山崎さんの作品が掲載されていれば、私は真っ先に読む。「小説現代」で連載中だった本作の第一回を読んだとき、あまりの面白さにぞくぞくした。

それは本作がお金の話だったからだ。

私はお金の話がとても好きだ。特に個人の財布からお金が出たり入ったりする話が大好物だ。

子供の頃、人生ゲームというボードゲームが大好きだった。お金を儲《もう》けて子供を作って順調に人生という旅を続けても、最後にすべて取り上げられてしまう可能性がある賭《か》けが待っていることに興奮した。最近では、ある女優さんが五百円玉を何十年も貯めてグランドピアノを買った話を聞いて大きな感銘を受けた。

だから山崎さんの実体験が反映されている（かもしれないし、いないかもしれない）この作品に私は興奮した。

本書の主人公・豆子《まめこ》は三十二歳の会社員、四姉妹の次女である。

彼女は大手メーカーに勤務しており、月給が三十四万五千円、年に二回ボーナスがあり、貯金が六百万円ある。吉祥寺《きちじようじ》の２ＬＤＫのマンションで一人暮らしをしており、つまりこの歳の女性にしてはかなり経済力があるほうだ。

物語は四姉妹の集《つど》いから始まる。この日は豆子の結婚が決まったことを受けてのランチ会である。だが豆子は「おめでとう」というお祝いの言葉よりも、「よく決心したね、えらい」「腹をくって稼《かせ》いで、結婚生活に責任を持て」というエールを期待したのだが、上司も友人も姉妹たちもそんな言葉をかけてはくれないのであった。

そう、山崎さんの綴《つづ》る物語の主人公は、いつだって一筋縄《ひとすじなわ》ではいかないのだ。

豆子は姉妹たちに結婚を決めた経緯を説明する。

自分にとって結婚は社会貢献である。社会に生まれたからには社会を存続させる一助になるため、子供を産みたい。子供を産まないと社会的に機能していると思われないので、そのために結婚をする。そう持論を展開する豆子であるが、そう考えた発端は、会社の先輩に子供を産むなら三十五歳までにと言われたからだった。子供がほしい豆子は、では結婚を急がなくてはと考えるようになった。彼女の考えはしっかりしているようで、案外人の何気《なにげ》ない言葉に左右されているのである。

モテなかった豆子は、生涯独身かもしれない、だったら終《つい》の棲家《すみか》になる家を建てたいと、それまでせっせと節約して貯金をしていた。だが、豆子は鯛造《たいぞう》という心優しい男性と巡《めぐ》り合《あ》った。求婚され、嬉《うれ》しくて快諾《かいだく》した。

結婚するのであれば、結婚式場を探さねばと豆子はまず思った。それまで彼女は十回以上結婚式に出席しており、そう思うのは自然なことだった。しかし鯛造は収入が高くなく貯金もない。当然彼は渋るが、豆子は自分がお金を出すからやろうと主張し、鯛造は自分よりずっと経済的のある彼女に対して理解を示した。もう自分たちは三十代なのだから親から金銭の援助を受けず、自分ひとりのお金で披露宴《ひろうえん》を行おうと豆子は決心した。

豆子はこう思うのだった。

――お金は自分が稼ぐ、そのことで豆子は燃えていた。お金に俄然《がぜん》興味が湧いてきていて、自分の金銭感覚がにょきにょき鋭く伸びていることを感じている――と。

そして互いの両親へ挨拶《あいさつ》する日が訪れる。豆子の両親に鯛造を紹介する食事会で二万千五百六十円、鯛造の両親に豆子が挨拶をする食事会で二万三百六十五円、両家が集まる食事会で七万六千五百七十一円、合計して十一万八千四百九十六円、全額を豆子は支払うことになった。式を行うホテルにも予約金を十万円支払っている。

豆子はここで初めて呆然《ぼうぜん》とするのであった。予想外に大きい金額がずるずると出ていくのである。

私もここで豆子と一緒に背筋がひやっとした。

自分の価値観を反映した独自の結婚式を行おうとした豆子は、ネットで結婚式について検索し、打ちのめされる。自分が思っているよりずっと世の中の人は手厳しいのである。

招待客に嫌われることが恐くなった豆子は、式を取りやめることも考えるのだが、キャンセル料が四十万円かかると言われ、お金のことにぴんときていない鯛造からは理解が得られず、その機会を逃す。

結婚式のための細かい準備に豆子は追われる。鯛造はまったく頼りにならず、式の一ヵ月前になっても豆子は自分の着るドレスさえ決まっていなかった。そんな豆子に、立場も性格も違う姉妹がそれぞれのやり方で手を差し伸べた。

だが結果的に、式は大失敗に終わる。

この小説の一番の山場は、寝る間を惜《お》しんで準備をし、全ての費用をひとりで出したのに、豆子自ら式を台無しにするシーンである。豆子は号泣し、鯛造も自己嫌悪で倒れる。しかし、私はこのシーンを大変ユーモラスに感じた。きっとふたりは何十年後かに、大笑いしてこの出来事を振り返ることができそうだなと読み手に予感させる山崎さんの筆の力が素晴らしい。

式の失敗よりも「これはキツい」と私が感じたのは、豆子がこつこつと貯めた六百万円を、結婚生活をスタートする時点ですべて失ったことだ。もし式が豆子の思う通りに行われたとしても、貯金はすべてなくなっていたのだ。

だって六百万円ですよ、六百万円。それも社会人になって約十年、お給料をこつこつ貯めた虎《とら》の子《こ》のお金である。

一人前だと見られたいと意地を張り、意固地になった結果、失ったもの、現金六百万円。

豆子はもちろんこの一連の出来事からいろいろと学ぶのだが、それにしても高すぎる授業料である。

『可愛い世の中』とは、なんとも意味深なタイトルだ。山崎さんがどんな意味をこめてつけたのか、本当のところはご本人に聞かないとわからないのだが、私はいろいろと想像した。

可愛いことをよしとする世の中？

可愛いほうが生きやすい世の中？

豆子にとって、可愛いとはどんなことだろうか。

四姉妹でランチをしているとき「可愛くて人に頼るのが上手い女性の結婚と地味で自立している女性の結婚を一緒にしないで欲しい」と豆子は内心思っていた。可愛いとは外見のこともあるだろうし、人間としての可愛げという面もあるだろう。

本作では、鯛造を可愛い妻のような人物として描き、豆子を経済力はあるがにこにこするのが苦手な夫のような人物に描いている。

経済力がなく世知《せち》に長《た》けていない者は可愛くして人の助けを乞《こ》い、経済力も常識もある者は胸を張って弱き者を助ける。弱き者は強き者を、気を遣って支えてほしい。男女が逆転したとしても、これでは旧態依然のままだ。豆子が大金を失ってしまったのは、このあたりに原因がありそうなのだがどうだろう。経済力＝いっぱしだと思い過ぎて、問題をひとりで背負い込み、人に助けを求めるような「可愛い行為」がうまくできなかったからではないだろうか。

豆子は最後、大山《おおやま》という大学時代の友人と、ある事業を興《おこ》す算段をする。いいお給料をもらってはいたが、本当にやりたい職についていたわけではない彼女が、自分がやりたい仕事を模索する。自分の人生を切り開くパートナーとして、夫ではなく友人を選んだ。

何か新しいことを始めようとしたら、それが結婚であれ仕事であれ、必ず未知の世界が目の前に広がる。意固地になるより、教えを乞い、他者と共に手を取りあって進むほうが、自分の望む場所へ行きやすいだろう。

豆子は姉妹に助けられ、鯛造に精神的に救われ、大山と議論を交わして、未来への希望を持った。

彼女はこの先も苦労するかもしれないが、苦労するからやめろ、と言う権利は誰にもない。

きっと豆子は頑張り続ける。

自信をなくしても、派手にお金を失っても、よろよろと立ち上がる。迎合せず、自分の価値観を自分でつかみ取る。出会った人々の多様性を肯定して進んでゆく豆子は、きっと自立と可愛げを両立させた、とても魅力的な人物であろう。

本書は、二〇一五年五月に、
小社より単行本として刊行されたものです。